EL MICALET

GALÀCTIC

E L   M I C A L E T   G A L À C T I C

ÚLTIMS TÍTOLS PUBLICATS

35. NEU I GOSSOS ¡QUIN EMBOLIC! Enric Lluch / Anna Miralles
36. ALÍ BABÀ I ELS QUARANTA LLADRES. Versió de S. Vendrell i F. Capellino / Maria Espluga
37. EL SAVI CIRIL. Mercé Viana / Quique Soler i Rosa Anna Crespo
38. UNS PAPERS EN UNA CAPSA. Carme Miquel / Joan Arocas
39. LA CASA DELS PELUIXOS. Xavier Bertran / Mabel Piérola
40. LES LLETRES FAN FUGINA. Enric Lluch / J. M. Lavarello
41. EL SOMNI DE FRAN. Jesús Cortés / Francesc Santana
42. TERESETA LA BRUIXETA. Josep Gregori / Ferran Boscà
43. ANÀDIA, LA CIUTAT SUBMERGIDA. Josep Franco / Enric Solbes
44. LA BRUIXA SENSE CURRUIXA. Antón Cortizas / Miquel Àngel Giner
45. JORDI TÚRMIX, APRENENT DE PIRATA. Vicent Marçà / Panxi Vivó
46. GEGANET, ¿ON ESTÀS? Antón Cortizas / Xan López Domínguez
47. EROS, UN HEROI ESPECIAL. Carles Recio / Josep Sanchis
48. ÀLEX & CIA. DETECTIUS. Jesús Cortés / Francesc Santana
49. HISTÒRIES DE POR. Angela Sommer-Bodenburg / Helga Spiess
50. PANXAVERDA I EL DRAC ATXIM. Xoán Babarro i Ana M. Fernández / Marina Seoane
51. INVASIÓ. Josep Gregori / Paco Hernández
52. L'ÀNGEL PROPULSAT I EL DIMONI EMPLOMAT. Enric Lluch / Toni Espinar
53. LA HISTÒRIA DE VILAFARTERA. Vicent Marçà / Horacio Elena
54. PÀNIC A VANCOUVER. Eric Wilson / Richard Row
55. ASSASSINAT EN EL CANADIAN EXPRESS. Eric Wilson / Richard Row
56. 111.111 IDEES PER A ESCRIURE... Vicent Pardo / Josep Vicó
57. EL CAS MISTERIÓS DE LA LLETRA MALALTA. Mercé Viana / Anna Miralles
58. LA PENYA DELS PIRATES. Joaquim G. Caturla / David Salvador
59. ELS VAMPIRS D'OTTAWA. Eric Wilson / Richard Row
60. TERROR A WINNIPEG. Eric Wilson / Gavin Row
61. LA MANSIÓ DEL TERROR. Jesús Cortés / Paco Hernàndez
62. QUINES BÈSTIES! Antoni Albalat / Gerard Miquel
63. UN PINTOR MOLT GUAI. Mercé Viana / Paco Giménez
64. POMETA DOLÇA. Enric Lluch / Inés Luz González
65. QUI T'HA DIT QUE EL MÓN ERA BLANC? M. Jesús Bolta / Vicent Javier Villena
66. ELS ANIMALS AGRAÏTS. Llorenç Giménez / Anna Roig
67. L'ULL DE LA MÒMIA. Jesús Cortés / Francesc Santana
68. PIRATES DE LA MARJAL. Mariano Casas / Joan Arocas - Andrés Carlos López

Col·lecció dirigida per Josep A. Fluixà

Hi ha un quadernet de Propostes Didàctiques, *referides a aquest llibre, que es distribueix de forma gratuïta a tots els ensenyants que ho sol·liciten.*

1a edició: *març, 1997*
3a edició: *gener, 2000*

Polígon Industrial I - 46600 Alzira
http://www.bromera.com
Disseny: *Enric Solbes*
Impressió: *Romanyà - Valls*
ISBN: *84-7660-275-8*
DL: *B-1700-2000*

PAPER RECICLAT
PROTEGEIX LA NATURA

FOTOCOPIAR LLIBRES
NO ÉS LEGAL

EL MICALET GALÀCTIC

Àlex & Cia. Detectius

Jesús Cortés

Il·lustracions de Francesc Santana

1
L'agència

Eren les onze del matí d'un xafogós dimecres de juliol. Gus va arribar a l'agència poc abans que el nostre primer cas com a detectius viatjara per les línies telefòniques.

El meu amic tallava claus quan va entrar-hi. Després de tancar la porta es va plantar davant meu i, a boca de canó, m'engegà:

—És una bogeria, Àlex, una pèrdua de temps... ¡I d'estalvis! ¡Mira que voler fer de detectius en el temps lliure! ¿Per què deixaria que m'hi embolicares?

Jo em trobava ocupat en la fabricació del rètol de la porta. El rètol anunciava: *«Àlex & Cia. Agència de Detectius»*. M'havia dut els retoladors de casa per enllestir-lo. El mal és que el seu ús al llarg del curs escolar me'ls havia escurats quasi per complet. Els havia donat molta faena durant tot l'any, és veritat. Però aquestes coses sempre t'agafen de sorpresa.

«Àlex & Cia. Agèn» començava amb un viu i fosc color blau marí, que a poc a poc havia esdevingut blau cel; *«cia de»* va deixar ben eixut el retolador de color negre. I la resta de les lletres lluïa tota una barreja de groc, de verd i de roig, d'allò més cridanera. (Els accents em van eixir d'un térbol color terrós).

—¿Com va això, Gus? —vaig saludar el meu soci, mentre remirava com m'havia quedat el rètol.

Gus li va fer una ullada. De seguida semblà enlluernat per la barreja de coloraines.

—Una gran idea, aquesta del rètol, ¿eh? —vaig dir.

—Hummm... Supose que *Cia.* sóc jo, ¿no?

—Naturalment, tu i tota la resta d'agents.

Ben sorprés, Gus va fitar a dreta i a esquerra.

—¡Ha! ¡Però si tan sols hi som nosaltres dos, Àlex!

—Però això la clientela no ho sap, home. A la clientela, li agrada escoltar que hi ha una pila de gent que s'ocupa dels seus problemes. Queda molt bé això de dir: «la resta dels agents ja se n'ocupa, del seu cas», ¿no trobes?

Gus féu que no amb el cap.

—¿Agents? ¿Però quins agents? Nosaltres no tenim edat per a ser agents de res.

—Ostres, Gus, despús-ahir trobares la idea genial. ¿Ja comences a fer aigües?

—No, no és això. Però a mesura que ho pense, ho veig tot més destrellatat.

—Però ara ja no ens podem fer enrere. Ho entens, ¿no?

—Sí, ho entenc.

I teníem un bon motiu. Dilluns passat, a colp de fotocopiadora, havíem enllestit quinze cartellets, amb un breu reclam publicitari que deia: *«¿Tens problemes? Telefona'ns. Àlex & Cia. Detectius...»*. I, a continuació, hi figurava el número de telèfon de l'agència.

Havícm apegat els cartells en fanals públics de diversos districtes, sobretot pels llocs on sovintejaven els riuets de xicalla. Alguns llanterners i tècnics en reparació de televisors havien tingut la mateixa idea que nosaltres, per tal de fer-se'n publicitat.

—¡Ha! ¿I què vol dir aquesta bajanada?: *«Agència»*. ¿Però tu creus que açò té aspecte d'agència de res?

Clar i ras: no en tenia. Érem en un despatx de negocis que mon pare havia tingut llogat i que ara no feia servir de res. Uns dies abans mon pare havia dit que l'estiu era mala època per a trobar llogaters.

¡Quina sort!

Mon pare em va donar permís per tal de venir amb Gus a menjar-nos els deures estiuencs, per allò de la tranquil·litat i l'ambient de treball. Tan sols vaig haver de prometre-li que no espatlaríem res. I quan vaig donar la notícia a Gus, l'espavilat del meu soci va dir: «Però si no ens han posat deures d'estiu...». ¡Com si no ho haguera tingut, jo, ben clar, això!

Tan sols disposàvem de quatre parets pelades; de mobiliari vell, de ferro; d'una paperera i d'una finestra que ens permetia veure la ciutat des d'un desé pis. ¡Buf!, mirant els edificis ennegrits per la pol·lució, quasi costava de creure que tinguérem una platja a uns vint minuts d'autobús.

¡Ah!, ¡quina memòria! M'oblidava d'allò més important: també disposàvem d'un telèfon, d'un telèfon tan modern que tenia contestador automàtic i tot. Sense ell, potser no hauríem aconseguit res.

—A més —continuà Gus, tan llandós com sempre—, aquest rètol que has pintat fa mal als ulls. Si penges això a la porta serem la rialla de tot l'edifici.

—És veritat... No havia pensat que els retoladors duien tot un any de servei...

El sobtat soroll del telèfon ens va deixar petrificats. Bé, en realitat no es tractava d'un so telefònic normal i corrent. El telèfon, com he dit, era modern; i el so que emetia, lògicament, també.

—¡Un client, Gus, un client!

O era un client, o era mon pare, que ens telefonava tot preocupat per la integritat del despatx.

Tots dos ens vam quedar quiets, amb els ulls damunt l'aparell.

Tres moderns tons telefònics després, s'escoltà un nyac i la cinta enregistradora que havíem preparat dilluns de vesprada començà a fer voltes.

La meua irrecognoscible veu anuncià:

«Et parla el contestador automàtic d'Àlex i Cia. Detectius. Si tens problemes, nosaltres te'ls podem resoldre. Deixa'ns el teu missatge i un telèfon de contacte. Parla després d'escoltar el senyal».

—¡Perfecte! —vaig dir.

—Ara que ho pense —digué Gus—, ¿i si el client no té telèfon de contacte?

—¡Ssst!, no mareges...

El senyal sonà en forma de xiulit breu i agut, molt modern també. Uns segons després es va escoltar una veu que va dir:

«Ho... hola, sóc Víctor. He vist el vostre anunci i m'he decidit a telefonar-vos perquè el salvatge de Nicolau no em deixa en pau. Quasi no puc posar un peu al carrer sense topar amb ell i la seua colla. Divendres passat em van esparracar tota la roba. Quan vaig arribar a casa semblava que havia eixit de la gàbia d'un lleó. I Nic em va dir que encara me n'esperaven, de ben grosses. Bé, com que el vostre anunci parlava de problemes, per això he telefonat. Ara us donaré el meu número de telèfon, però si us hi poseu en contacte i ma mare o mon pare agafen l'aparell, no digueu qui sou; que siga un secret. Ja en parlarem. El meu telèfon és el 332...»

A continuació, el client va tallar la comunicació.

—¡Caram, quin romanç!

Jo estava quasi bocabadat.

—¡Tenim un cas, Gus!

—¿Un cas? A qualsevol trifulga l'anomenes *cas*. Comptat i debatut, un bandarra anomenat Nicolau li fa la vida impossible a un tal Víctor. ¡Quina novetat!

—¡Però és un cas, Gus!

—¡Ha!, ¡un cas! Tu sí que ets tot un cas.

—¡Qui ho diria! La nostra genial idea no ha pogut començar millor.

Gus va fer cara d'indecís i es va rascar una orella. Sempre solia fer això, el bo de Gus, quan alguna cosa no acabava de caure-li en gràcia.

A més, tot seguit li vaig dir:

—Molt bé, soci, ¿posem fil a l'agulla?

I ell murmurà:

—De segur que ens punxarem.

Però ja m'esperava, jo, un comentari per l'estil.

2
El primer cas

Després d'una eterna mitja hora, vaig agafar el telèfon i vaig marcar el número de Víctor.

—Sóc Àlex, d'Àlex i Cia.

—¡Uf, que ràpids! —es va sorprendre el client.

I això que, per salvar les aparences, havíem esperat una eterna mitja hora.

—És que hem trobat el teu cas de la màxima urgència —vaig dir.

Jo feia com que em llegia la mà.

—Ací, a la nota que m'han deixat, hi posa: «urgent», entre signes d'exclamació. Si aquest «urgent» du un signe a banda i banda, vol dir que el cas és urgent; si en porta dos, vol dir que el cas és molt urgent; i si en porta tres, com és el teu cas, això vol dir, ¡buf!, que la cosa és urgentíssima. Per això ens hem posat en contacte de seguida.

Gus camejava pel despatx amb els braços enroscats al cap.

—¡Mare de Déu, quin grapat de boles!

—Ja ho entenc —digué el client.

Tot seguit em vaig escurar la gola. L'ehem em va eixir d'allò més convincent.

—Sempre estem molt ocupats, però hi ha certs assumptes que no poden esperar.

—El meu em té a les portes de la mort.

—Ja ens ho hem ensumat. Per això no hem volgut perdre un segon. Et telefone personalment perquè la resta dels agents són en una reunió molt important, una reunió secreta, te'n fas càrrec, sobre el crim organitzat...

Gus quasi se'n pujava per les parets.

—¡Bufa!: el crim organitzat, reunions secretes...

—Sent veus —digué Víctor.

—¿Com dius?, ¡ah!, sí, és que tinc engegada l'emissora de la policia. Ja saps, hi ha qui escolta l'FM, però d'altres hem d'estar informats del que passa en tot moment a la selva d'asfalt... Disculpa, abaixaré el volum...

Vaig saltar de la cadira disposat a tot i, després d'agafar una de les orelles de Gus, li vaig fer un bon pessic de 360 graus.

A continuació, vaig tornar al telèfon.

—¡Buf, quina calamitat de soci! —vaig remugar, mentre m'aponava de nou.

—¿Què? —preguntà Víctor.

—Ehem, no res, no res, és que m'acaben de passar una altra nota urgent, però tan sols té un signe d'exclamació a banda i banda. Tu vas davant.

—¡Ai, quina sort!

—Bé, ¿quedem?

I vam quedar. I quan vaig penjar l'auricular, vaig dir a Gus:

—És simpàtic, aquest Víctor.

I Gus afegí:

—I un poc albercoc també, si és que s'ha empassat tot el que li has dit.

—¡Home!, jo crec que he fet una bona actuació.

Gus enlairà ràpidament un dit de desaprovació.

—¡Justa la fusta! Això és el que has fet: una bona actuació.

—Gràcies —vaig dir, tot ufanós.

—¿Gràcies? ¿Però és que no t'adones del rosari de troles que li has amollat?

Gus, com sempre, demostrava tenir més trellat que no cor. Per això vaig haver de dir-li:

—Ara, estimat Gus, el nostre client se sentirà més protegit. Ha compartit el seu problema i nosaltres hem posat tota una agència de detectius a la seua disposició. ¡Som els millors!

—¡Però si t'ho has inventat tot, Àlex!

—¡Jo tan sols vull ajudar, caram!

—Doncs, fas servir uns mètodes molt especials.

Gus i jo desbarràrem durant tot el camí cap a la biblioteca vella. Segons el nostre client, a la biblioteca podríem parlar amb tota la tranquil·litat del món, perquè per als salvatges com Nicolau les biblioteques eren com les esglésies per als vampirs de Transilvània.

—¿On has dit que ens havíem de trobar? —em va preguntar Gus quan hi arribàrem.

—A la secció d'enciclopèdies.

No hi havia massa gent a la biblioteca, però en cadascuna de les seccions no faltava la mitja dotzena de clients.

Ens vam plantar en el lloc de la cita sense cap dificultat. A les llargues taules de la secció d'enciclopèdies, hi havia gent de totes les edats que consultava volums gruixuts i que prenia notes amb un posat d'allò més seriós. Alguns fins i tot es van dignar a traure el cap del tedi per fer-nos un colp d'ull. No cal dir que de seguida em vaig preguntar si cap d'ells seria el nostre client.

—¿Víctor? —vaig demanar, amb un to de veu una mica elevat.

Reconec que la meua forma d'actuar contravenia la norma principal de la biblioteca, que consistia a no emprenyar el veïnat. Per a ser francs, jo no volia emprenyar ningú, però si no haguera fet aquest crit d'atenció no hauria aconseguit que, des del fons de la secció, un xicon alçara un braç per tal de fer-se veure. Era Víctor.

A diferència de la resta de la clientela, Víctor no tenia cap enciclopèdia davant seu. No llegia res, no

semblava fer res de res; ni tan sols duia un bolígraf a les mans. He de reconéixer que un bon detectiu li hauria clavat l'ull de seguida. És clar que jo encara em considerava un detectiu primerenc, i per això em vaig perdonar la relliscada.

Víctor se'ns acostà de pressa. Era un pèl-roig de cos escarransit i pell lletosa. Semblava inofensiu fins i tot per a les formigues. La seua forma de vestir quasi em feia ois. Vegeu per què: duia sabates de xarol, negres i lluentes com panderoles; calcetins blancs que quasi li arribaven als genolls; pantalons curts; camisa cordada fins al front. I, damunt, duia els cabells tan engomats, que semblaven a punt de regalimar oli transparent per tots els costats.

—¿Àlex i Cia.? —demanà.

—Jo sóc Àlex. Aquest és Agustí, Gus per als amics.

A les taules sonaren diversos «¡ssst!», i canviàrem el lloc de la conversa.

Vam entrar en els lavabos. Eren buits. Cosa rara, perquè sempre solia haver-hi algú rentant-se les lletres dels ulls. Jo mateix acostumava a ser-ne un, sempre que posava els peus a la biblioteca per motius escolars.

—Bé, ¿i què et passa amb aquest Nicolau?

Víctor va clavar el cap en una pica per fer com que es rentava les mans.

—¡Uf!, em té una mania terrible. Al meu col·legi tots el coneixem per Nic *el Dur*. Jo mai no li he fet res però ell no em deixa viure. Quan vaig veure el vostre anunci, vaig pensar que potser podríeu fer alguna cosa per tal que em deixara en pau d'una maleïda vegada.

Gus, mig interessat, li va preguntar:

—¿I ara, a l'estiu, també va darrere teu?

—¡Uf!, ara més que mai. No puc posar un peu al carrer com Déu mana. En una ocasió, ell i la seua colla em van segrestar i tot.

—Caram... ¿I quin aspecte té aquest Nic?

Víctor ens va fer un retrat robot de primera.

—Té un front ample; ulls de llop rabiós; nas xafat; coll gruixut, però molt curt; celles espesses, i cabells negres i prou abandonats.

—¡Ostres, quin cromo!

—Les seues mans són dures com l'acer. Sempre du els camals dels pantalons amagats per dins d'unes botes negres que tenen les punteres de ferro. Diu que les seues botes són per a trepitjar races inferiors, i que si encara no m'ha trepitjat és perquè encara no ha endevinat de quina raça sóc.

—¿Per on acostumen a deixar-se caure, ell i la seua banda?

—Sempre que m'han emboscat m'han dut a carrerons sense eixida. Els atzucacs són com una llar per a ells.

—¿Què ens pots dir dels que acompanyen Nic?

—En són quatre. I tots fan servir el mateix malnom: Mix.

—¿Vols dir que tots quatre es fan anomenar igual?

—Exacte: Mix, Mix, Mix i Mix. Crec que va ser idea de Nic. Així, quan crida qualsevol d'ells, sempre té els quatre als seus peus.

—¿Alguna cosa més que ens podria interessar?

—No sé si serà important —continuà Victor—, però els Mix sempre van carregats amb pots i llandes de tota classe. ¡Ah!, i també els agrada molt fer pintades per les parets. Cadascun disposa del seu propi pot de pintura d'esprai. A mi, una vegada, m'agafaren per una paret, ja m'enteneu.

Tot seguit, Víctor va tancar l'aixeta.

—¿Podreu ajudar-me?

Vaig bellugar el cap com un titella. Víctor s'havia quedat quiet. L'aigua de les mans li regalimava pels colzes. No hi havia tovalloles.

—Tindràs notícies nostres. Farem tots els possibles, ¿veritat, Gus?

I Gus va fer una tosseta, d'aquestes que semblaven amagar un: «per l'amor de Déu, ho porta poc clar».

—Ja et telefonarem. Sobretot, no et deixes veure massa.

—¿I els honoraris? —preguntà Víctor.

Sincerament, ni se m'havia passat pel cap, això. Jo tan sols volia fer de detectiu. Volia passar-m'ho bé durant el temps lliure. Em sentia content i pagat pel sol fet de rebre la confiança del client desesperat.

—Ehem —vaig fer—, d'això ja parlarem quan tanquem el cas.

—No tinc molts estalvis, però...

¡Fuig, home, fuig!, ¡estalvis! Jo no volia els estalvis de ningú.

—Exposarem el teu cas en la propera reunió. Tu no et preocupes de res.

—Puc treballar per a vosaltres, debades, és clar. Podria endreçar-vos l'agència, o netejar...

—Això ens vindria de primera —digué Gus—, perquè tenim tanta faena —i es va dur les mans al cap— que no et pots ni imaginar el desordre que n'hi ha.

I el beneït de Víctor deixà anar un «¡aaai!», mentre se li posava cara d'àngel embadalit, i amb els ulls semblava dir-nos: «¡quina sort, de trobar-vos!».

Realment, aquest Nic *el Dur* tenia motius per a desconéixer de quina raça era el nostre client. Jo mateix no ho tenia gens clar.

3
Incident als Minnessota

A les cinc de la vesprada ja em trobava de nou a l'agència. Gus hi va arribar mitja hora més tard i no feia precisament molt bona cara quan va entrar per la porta.

—... punteres de ferro, esprais, races inferiors... Tot açò em sona a bandarrisme xenòfob. Com a poc ho hauríem de posar en mans del síndic de greuges.

Jo vaig fer la meua acostumada salutació.

—¿Com va això, Gus?

I Gus m'engegà:

—¡Se m'han fet agres els macarrons del dinar!

Nic *el Dur* tenia la culpa, és clar.

—Saps que no m'agrada ficar-me en embolics. ¡Déu faça que no trobem mai el salvatge de Nicolau!

—Sobre això, ja he pensat què farem.

—¿No voldràs camejar amunt i avall, per buscar-lo de carreró en carreró, veritat?

¡Ni pensar-ho! Jo era el primer a saber que la ciutat era massa gran, fins i tot per a les meues botes superesportives del quaranta.

—Després de dinar, mentre feia una becaina amb els ulls ben oberts, m'he remugat com trobar Nic *el Dur*. I tinc un pla: anirem de cap als billars Minnessota.

Gus deixà caure una cella.

—Segons tinc entés, això és un cau de bandarres en potència.

—Efectivament. Si en algun lloc podem trobar informació sobre Nic *el Dur* i la seua Mix Quartet Band, és als billars Minnessota. Vinga, anem-hi...

Gus es va rascar una orella i tot seguit ens vam posar en marxa. O més aviat podria dir que jo em vaig posar en marxa i que Gus em va seguir de mala gana.

Els billars Minnessota eren a uns deu minuts de l'agència, de manera que ens hi vam plantar en un bot. Assegut a la porta en una cadira de bova, es trobava mig endormiscat l'encarregat, o l'amo, dels billars. Tenia les mans amagades dins de la coixinera del canvi. Segurament, per dormir-se, comptava monedes en lloc de borreguets. Crec que quan vam entrar en el local ens va mirar de reüll, però sense massa ganes.

—Torne a dir-te que no m'agrada la idea, Àlex. Em coneixes molt bé i saps que no sóc home d'acció. Ací tenen el costum de coure a la brasa tots els forasters. No n'eixirem vius.

Davant nostre hi havia un llarg corredor, ple de màquines de videojocs i de rogles de clientela que mirava hipnotitzada les pantalles. Ningú no ens va fer cas. De taules de billar no hi havia cap rastre.

Tot decidit em vaig acostar a un dels rogles de bandarres i vaig ficar el cap sense vergonya.

—Ei, xics, busque Nicolau, més conegut per Nic *el Dur*.

Ni cas.

A la pantalla que tenia davant es lliurava tota una batalla de naus espacials, enmig d'una perillosa tempesta de meteorits. El pelut que feia de jugador se les veia de tots els colors per tal de mantenir-se estalvi. El comandament de vol semblava haver embogit en la seua mà esquerra i en la dreta no tenia prou dits per a obrir foc a discreció. Els quatre pollosos que l'envoltaven feien els mateixos estremiments que ell. Havien d'estar esgotats de cansament.

—¡Estàs a punt d'aconseguir el rècord! —bramà un.

—¡Vigila, vigila!, ¡per la dreta!

Vaig canviar de tàctica. Sense miraments, vaig esmunyir el braç per davant del jugador i vaig assenyalar meteorits i naus enemigues fins a deixar un bon tros de pantalla tot ple de ditades.

—Vigila aquest, i aquest, i ara aquest...

—¡Ei, que no veig res! —s'empipà el jugador—. ¡Trau la mà, trau la mà!

—¡Tu, fora d'ací! ¿Què t'has cregut?

—Només vull que em feu un poc de cas.

I del cas que em van fer, em van traure del rogle a espentes.

Ateses les circumstàncies, em vaig veure obligat a fer ús d'una tercera tàctica, una d'aquestes que sempre guardes al calaix per als casos que es posen costa amunt.

—¡El rècord, el rècord! —bramava el jugador, amb els cabells tots eriçats.

—¡Et falten vint mil punts!

—¡Deu mil!

—¡Dos mil!

—¡Ara, ara!

I de sobte: «¡ssst!». La màquina emmudí. La pantalla va quedar més negra que el carbó.

—¿Què ha passat?

—¡El meu rècord! ¡Ja quasi el tenia!

—¡Quina llàstima! —vaig gemegar, mentre remirava l'endoll de la màquina que em penjava dels dits.

Gus s'empassà la saliva.

—¡L'ha desconnectada! —va dir uns dels pollosos.

El jugador es va escopir les mans.

—No saps amb qui te la jugues, nano —m'amenaçà.

—Busquem Nic.

Tots es van quedar ben parats. Això no havia de ser molt normal.

—Ningú no està tan boig com per a buscar Nic.

A poc a poc, vaig fer una perfecta cara de sàdic i vaig dir:

—És que jo estic molt boig. Els manicomis em fan riure, no sé si m'explique.

De moment, una cosa havia tret en clar: als billars Minnessota el salvatge de Nicolau no era precisament un desconegut.

—Bé —vaig dir—, ¿en sabeu res, o no?

El pelut que havia fet de jugador plegà una galta i finalment es decidí.

—Veniu amb mi.

Al cap del corredor hi havia una escala que davallava cap a una espècie de soterrani sense finestres. Era el saló dels billars. Hi havia vuit taules perfectament distribuïdes per la peça. Totes disposaven de llums fluorescents. A les parets s'alternaven les taqueres, els atifells de les pólvores de talc i els àbacs de fusta que es feien servir per a dur el càlcul de les partides. El terra tenia alguns taulells solts que em van recordar les dents de llet.

Tres de les taules eren ocupades i amb els llums encesos. Els jugadors que les envoltaven, amb tacs a les mans, eren un poc més grans que nosaltres, però tampoc massa. L'edat escolar se'ls veia a la cara. N'eren sis, i tots lluïen els brots de la delinqüència que acabaven per arrelar a les presons. Definitivament, no semblaven una companyia recomanable.

Amb tot i això, no em vaig acovardir. Gus ja ho estava pels dos.

—Ei, Roc —digué el nostre guia—, aquests busquen Nic.

Sens dubte, l'esmentat Roc era qui remenava les cireres allí dins. La seua mirada de perdonavides em va fer calar-lo de seguida. Un llarg esparadrap li cobria la templa dreta. Imaginar la cicatriu que havia d'amagar em va produir un calfred per tota l'esquena.

—De manera que busqueu Nic, ¿eh? —ens va dir Roc, mentre es descarregava sobre el cantó d'una taula i es repenjava del tac.

—Hem de tractar un assumpte amb ell. Si ens poguéreu ajudar, us en deuríem una de ben grossa.

Els cinc jugadors que romanien drets ens van encerclar per la dreta i per l'esquerra. Sense badar boca, van tancar el cercle i ens van convidar a plantar-nos davant mateix del remenador de cireres.

—¡Quina casualitat! —digué aquest—. Vosaltres busqueu Nic i nosaltres no li hem vist el pèl des de fa una eternitat. L'esperem amb els braços oberts, ¿sabeu? Potser, fins i tot ens podríeu fer un favor.

—Demana —li vaig dir.

—Quan el trobeu, digueu al bo de Nic que els seus amics el troben a faltar.

Sense pressa, Roc agafà el guix blau, amb el qual s'endolcien les puntes dels tacs, i començà a fer-lo saltar en una mà.

—Digueu al bo de Nic que li tenim confiança i que per això no l'hem anat a buscar. I si podeu, digueu-li també que no tarde massa a deixar-s'hi caure... per si de cas. Si teniu sort, el trobareu a l'antiga fàbrica de maquinària industrial.

—¿La que es va incendiar fa uns anys?

—Justament. ¿Ho tens clar, taperot?

El mala peça de Roc es pensà que el meu nas era un tac i li va refregar el guix blau. ¡Quina insolència! El cor em va fer un bot.

—Au, Àlex, anem-nos-en —em va xiuxiuejar Gus, mentre m'estirava de la samarreta.

Durant uns segons, vaig pensar què fer.

Havíem obtingut la informació que veníem a buscar més fàcilment del que pensava, això era ben cert. Però jo no havia fet res per rebre aquest tracte insolent, i de cap manera me n'anirira sense dir quatre coses ben dites.

—Vinga, deixa-ho córrer, Àlex —insistí Gus.

—No, espera't un poc. Acabe de descobrir que, si em pinten el nas de blau o si m'anomenen «taperot» sense motius, la sang se m'encén de dalt a baix.

—Oblida-ho, Àlex, au...

—¿Au? ¿Però què s'ha pensat aquesta colla de mamarratxos?

Gus començava a posar-se groc com la cera.

—Nosaltres col·leccionem cromos, però de segur que ells col·leccionen daus carregats i baralles marcades.

—¿Has acabat? —es molestà Roc, a preguntar-me.

—¡No, no he acabat! ¿Per qui ens has pres? Hem vingut a demanar-vos una informació. Fins i tot pensava fer-te el favor que ens havies demanat. És clar que no tinc per costum fer favors en canvi d'insolències.

—Em poses mal de cap —es va queixar Roc.

I, «¡pam!».

Un directe de puny m'envià a pastar fang, més enllà dels límits del meu enteniment. I ja havia començat a sagnar pel nas quan tots els tacs que romanien drets en una taquera em van caure damunt.

Gus acudí com un llamp al meu costat.

—¡Veus el que t'has guanyat per fer el gallet!

—Jo no volia fer-me el gallet. A mi tampoc no m'agraden les baralles, però aquests aprenents de fanfarrons es creuen els amos del món, i de vegades cal recordar-los que tots sabem ensenyar les dents.

—¡No sigues romancer, Àlex!

Tenia la pitrera de la samarreta amerada de sang. I la llengua, també.

—Sí, romancer... Primer t'encenen la sang; tu no vols fer cas per allò de no ser amic de bregues, i al final acabes com Víctor, sense poder eixir al carrer. I tot, per culpa de quatre pomes podrides. Ací, o plantes cara, o no tens res a fer.

—¡Àlex!

—¡Deixa'm, deixa'm!

Em vaig armar amb un dels tacs i vaig avançar cap a l'enemic. Les rialletes de Roc em treien de polleguera. Ni tan sols sabia què volia fer amb el tac que duia a les mans com un perillós bat de beisbol. Molt en el fons em sentia orgullós pel sol fet d'haver-lo agafat. Volia demostrar que no els tenia gens de por, a aquells cuquets miserables. I ja ho havia fet.

El mal és que Roc m'obligà a seguir endavant.

—Doneu una lliçó al taperot —ordenà—. Serà divertit.

—¡Barallaaa!

L'avís el va llançar el pollós que ens havia dut al saló. M'havia oblidat d'ell per complet, però romania al peu de l'escala, i quan el vaig mirar de reüll el vaig veure saltar sobre Gus per tal d'immobilitzar-lo d'un braç i deixar-lo fora de joc.

L'escala s'omplí ràpidament d'addictes als videojocs. Supose que ningú no voldria perdre'n detall.

Els tacs començaren a brunzir al meu voltant. En cosa de segons, els colps m'arribaven per totes bandes. És clar que jo també vaig deixar algunes costelles ben aplanades mentre fugia per sobre de les taules, ensopegava amb els llums fluorescents o relliscava amb les boles de vori. Fins i tot les pólvores de talc van patir els meus efectes.

Patac a les cames i ¡pataplaf!, de morros a terra. Patacada de front i ¡patapam!, a recules fins a caure de sobines, tret que les taules o les parets es molestaren a evitar-ho. Per descomptat, en vaig rebre més que ningú. En part, m'ho havia ben merescut. D'haver fet cas a Gus, m'hauria estalviat la col·lecció de blaus que m'eixiria per tota la pell. Però, la veritat siga dita, l'última cosa que m'esperava aquesta vesprada era abandonar els billars Minnessota fet un àlbum de moradures.

I ¡zummm! I ¡pafff! I ¡catacrac!

Els sicaris de Roc em van deixar fet una coca. Tan sols els faltà castigar-me amb els braços en creu. No puc dir que em sentia orgullós del que havia fet, però anar-me'n amb la cua entre cames tampoc no m'hauria fet sentir millor. Tots tenim defectes.

—¿Ja n'has tingut prou? —em preguntà Roc, molt tranquil.

Arraconat com un conill, amb tot l'exèrcit enemic pendent de la meua resposta, vaig dir:

—Jo mai no tinc prou de res; sóc un pou sense fons.

Roc deixà veure una altra rialleta i va dir a Gus:

—Endus-te el teu amic. La festa s'ha acabat.

Gus em va traure ràpidament dels billars. No cal dir que, per l'escala i per l'ample corredor de les màquines de videojocs, ens van cosir a burles i a insults. I no cal dir també que, quan vam eixir al carrer i l'encarregat dels billars (o l'amo), em va veure el nas i la samarreta, saltà de la cadira com un lleó.

—¡Què ha passat? ¡Què heu fet?

L'home se n'entrà tot traient foc pels queixals.

—¡Us tinc dit que no vull bregues en el meu local!...

No vam escoltar res més. Ens vam allunyar de pressa, i tan sols un parell de carrers més enllà afluixàrem la marxa.

—Ja sabia jo que passaria alguna mala cosa —protestà Gus.

De sobte caminàvem sense rumb, sense pressa, i quasi sense ganes.

—¿Com explicaràs, a casa, això del nas?

—Diré que ha sigut una balonada... No em diran res.

—Jo tenia raó —continuà Gus—. Al principi, la idea de fer de detectius em va semblar genial, però ara veig clarament que va ser una equivocació.

—¡Una equivocació! I ho dius tan tranquil.

—Ja saps que quasi sempre conserve la sang freda.

Això era ben cert. Traure Gus de mare era molt difícil.

—Som de vacances, Àlex. Jo, el que vull, és anar a la platja, unflar-me de gelats i de pizzes d'encàrrec, i xafar l'orella sempre que tinga ganes. ¡M'ho he guanyat, caram!

—Açò és fantàstic... Ens cau a les mans el primer cas com a detectius i, a tu, t'entren ganes de menjar pizzes... Em sembla que tens un greu problema amb la pasta italiana.

—¿I això, per què?

—¡Home!, dines macarrons, ara vols pizzes d'encàrrec... ¿Què soparàs a la nit?, ¿espaguetis?

—Ara no vulgues fugir del tema, Àlex.

—Jo no vull fugir de res, però és que qualsevol contratemps de seguida et fa abaixar veles.

—¿Qualsevol contratemps? ¡Ha! Però si hem estat a punt de deixar-nos la pell...

—Hem aconseguit la informació que volíem, ¿no?

—Sí, ja, però tu havies de fer-te el valent i posar-nos a tots dos en un compromís.

—¿I què volies?, ¿que em quedara tan fresc davant d'una provocació?

—Si ho hagueres fet, t'hauries estalviat la baralla.

—¡És clar!, com tu tens la sang d'orxata, et penses que tots hem de reaccionar com tu.

—Conservar la sang freda és una cosa i tenir la sang d'orxata n'és una altra.

—Tu el que vols és tenir sempre raó.

—I tu, eixir-te'n amb la teua.

—¡Sí, home!

—¡I tant que sí!

—¡Hala, vés i corre!

—¡Bah!

Quan les nostres discussions es caldejaven així, Gus sempre posava el punt final: «¡bah!».

En conseqüència, no tardàrem a camejar per voreres distintes. Per descomptat, Gus i jo no ens dirigíem la paraula. Les nostres discussions, ¡buf!, sempre acabaven igual. Teòricament, no tornaríem a ser amics fins ben passada una bona estona. O potser ja no tornaríem a ser amics mai més. Quan camejàvem per voreres distintes, entre Gus i jo podia passar qualsevol cosa.

4
El segon cas

Quan vaig arribar a l'agència dijous de matí, un nou cas m'esperava perfectament enregistrat en el contestador automàtic. Quasi no m'ho podia creure. En altres circumstàncies, m'hauria posat a fer bots d'alegria sobre la cadira. Però la vespra Gus i jo ens havíem acomiadat amb el morro tort, per la qual cosa no veia gens clar que el meu amic volguera continuar amb el joc. I, sens dubte, l'agència no seria la mateixa sense ell.

De moment em trobava sol. Duia sol tres quarts d'hora. Quaranta-cinc minuts més llargs que un dia sense pa. Ja sabeu com és el temps d'antipàtic, si se'l mira de front. En quaranta cinc minuts vaig tenir temps de sobra per a fer el primer contacte amb el nou client (o millor dit, clienta); vaig mossegar-me les ungles en totes les direccions possibles; i vaig agafar adoloriment d'orelles, de tant d'obrir-les sempre que algú, pel corredor, s'acostava al despatx... i hi passava de llarg.

Sort que...

—...billars, gentola, manicomis que fan riure, daus carregats... I, damunt, sóc jo el que sempre vol tenir raó...

¡Gus acabava d'entrar per la porta! Els quaranta-cinc minuts de patiment desaparegueren en un bufit.

—¿Com va això, Gus? —vaig dir, mentre m'aguantava l'alegria.

Gus enfonsà les mans en les bermudes i arronsà les espatles.

—Açò no té cap ni peus, Àlex.

—Ja em pensava que no vindries.

—I jo també... ¿Com tens el nas?

En realitat tenia el nas fet un pimentó i el cos tot adolorit, però ara més que mai havia de llevar importància als inconvenients de la professió.

—Perfectament —vaig contestar, i de seguida vaig posar mans a l'obra—. Tinc novetats.

—¿Novetats?

—Un altre cas.

Gus va fer uns ulls com unes taronges mentre jo engegava el *PLAY* del contestador telefònic. Després d'escoltar-se el brunzir de la màquina i el xiulit de rigor, una veu femenina va dir:

«A... açò de parlar a una màquina no m'agrada gens; però bé, crec que el problema s'ho val. Sóc Laura i el meu telèfon és el 379... Us telefone perquè em diu el cor que a la finca de davant de ma casa es fabriquen píndoles i drogues, d'aquestes que...».

Gus reaccionà com un canó encés.

—¡Ha! ¡Drogues! ¡Ni pensar-ho! Això sí que no, si vols jugar amb foc, juga tu a soles.

Em van faltar mans per a rebobinar la cinta.

—Ostres, Gus, primer escolta el missatge i després renega tot el que vulgues.

De nou, vaig engegar el *PLAY*.

«...diu el cor que a la finca de davant de ma casa es fabriquen píndoles i drogues, d'aquestes que et corquen el cap sense que te n'adones. El mal és que no tinc proves per poder demostrar res. ¿M'ajudaríeu a trobar-ne? Havia pensat anar a la policia, però crec que si vaig amb les mans buides, em faran el mateix cas que a un gos... ¡Ostres, ma mare! Adé...».

La comunicació es va tallar de sobte.

—Això és tot —vaig dir.

—Jo no vull tenir res a veure —digué Gus, mentre feia que no amb el cap.

—Però, ¿és que no has escoltat el missatge? Tan sols es tracta d'aconseguir unes proves per posar el cas en mans de la policia.

Gus va fer cara d'indecís i es va rascar les dues orelles.

—¿I si no hi ha proves? ¿I si no hi ha cap cas?

La resposta era tan evident que la vaig amollar sense dubtar-ho, amb braços oberts i tot.

—Aleshores, fem creu i ratlla, i s'ha acabat.

—Tu ho veus tot molt fàcil...

—Ehem —vaig fer—, ja he parlat amb Laura. He concertat una cita a l'estació de ferrocarrils, d'ací en uns vint minuts. ¿Véns o no?

El meu soci s'ho va pensar uns segons i finalment, molt estirat, em va dir:

—T'hi acompanye, però res més.

Un quart d'hora més tard vam posar els peus en l'estació de ferrocarrils.

—Laura m'ha dit que hi viu molt a prop —vaig dir— i que arribaria abans que nosaltres.

Gus anava un pas darrere meu, com un guardaespatles capmoix, al qual se li havia denegat un augment de sou.

—Ens espera a la porta del locutori telefònic. Potser serà aquella xicona dels texans i de la samarreta dels Simpson...

No hi havia manera d'entendre què s'anunciava pels altaveus de l'estació; alguna cosa sobre trens que arribaven o que estaven a punt d'anar-se'n.

Viatgers de tota classe anaven amunt i avall per les andanes i per l'ample vestíbul. Tots semblaven dur coets als peus. Francament, l'estació estava tan animada que fins i tot t'entraven ganes de comprar-hi un bitllet.

—¿Tu ets Laura?

I Laura se'ns quedà mirant, tota sorpresa.

—¿Vosaltres sou els detectius?

Naturalment, vaig fer les presentacions de rigor.

—Ja em sonava molt jove la teua veu, pel telèfon —em va dir Laura, mig desenganyada—. ¿Què li ha passat al teu nas?

—No res, una balonada...

Gus es mossegà la llengua conforme va poder.

—Em pensava que éreu una vertadera agència de detectius.

Per necessitat, vaig haver d'intervenir-hi.

—¡Ei, nineta!, que la nostra agència...

—A mi no em digues «nineta», tu...

—Molt bé. Comence de nou: ¡ei, nina!...

—I «nina», tampoc.

Pensarós, em vaig fregar la barbeta mentre repassava la família de mots.

—¿I «ninot»? ¿M'acceptes «ninot»?

Laura m'envià a la porra, va girar cua tota ofesa i enfilà l'eixida de l'estació.

—Tens un tacte amb l'altre sexe que dóna gust, ¿eh? —em va dir Gus.

—Jo tan sols volia ser amable.

—¡Ha! ¡I li dius «ninot»! ¿On vas fer l'últim curset en tècniques d'amabilitat, Àlex?, ¿en una presó?

Sense perdre un segon més, vaig arrancar a córrer darrere de Laura.

—¡Ep!, no te'n vages, dona —li vaig demanar, alhora que engegava els ABS—, és que volia donar una bona impressió.

—Doncs, t'has ben lluït.

—Sí, ja ho veig. Però no era la meua intenció ofendre't —i vaig plantar la mà com si anara a testificar en un judici—. De veritat que no.

Laura bellugà el cap mig convençuda.

—¿Parlem del teu cas? —li vaig dir.

I després de tornar amb Gus i d'ocupar un dels bancs del vestíbul de l'estació, en parlàrem.

—Davant de ma casa —explicà Laura— hi ha un edifici molt vell i quasi buit. Ma mare sempre diu que qualsevol dia anirà a terra. Des de la finestra de la meua habitació es veu tota la façana que dóna al meu carrer. No hi ha veïnat. Fa uns anys, la finca era plena de despatxos de negocis, però els que queden ara es podrien comptar amb els dits d'una mà.

—Continua.

—Bé, doncs en un d'aquests despatxos abandonats que tenien les persianes abaixades nit i dia, de sobte van aparéixer tres homes malcarats.

—I això et va fer sospitar, és clar.

—Més que no això, va ser l'aspecte que li van donar al despatx. Em féu la sensació que havien improvisat una espècie de laboratori químic.

—¿Podríem veure'l? —vaig preguntar.

—¡I tant! Des de la meua habitació el tinc tots els matins a tir. De vesprada és diferent perquè abaixen les persianes, pel sol que hi cau.

«¡Doncs, au ara mateix!», em vaig dir.

Ens faltaren cames, encara que Gus seguia amb el seu aspecte de guardaespatles sense augment de sou.

—¿Què saps dels tres malcarats?

—Un d'ells sempre està plantat davant d'una porta. Té aspecte de goril·la sorrut. És alt i gran. Té el nas aplanat. Va molt ben vestit, amb amples jaquetes que sempre du cordades.

¡Uiii!, jaquetes cordades... ¿I en ple estiu? ¡Quina pistola més ben amagada que deu dur a les costelles!

—Cada divendres, cap al migdia, ve a l'estació de trens per lliurar un maletí negre. Ho sé perquè el vaig espiar un parell de vegades. Sempre ha fet el mateix: els altres dos li donen el maletí; ell ve a l'estació, a peu; entra en un tren per una porta i poc després n'ix per una altra amb les mans buides.

—¿Què saps dels que li donen el maletí?

—No massa. Arriben i se'n van sempre junts. Jo els anomene «els químics», perquè sempre són ells els que treballen amb els atifells de vidre que hi ha per totes les taules.

¡Buf!, açò sí que tenia tota la pinta de ser un vertader cas d'investigació.

Vam arribar a ca Laura en cosa de minuts. En un tres i no res, la xicona ens va presentar sa mare. Li va dir que érem companys d'escola i que ens havia d'explicar uns maldecaps de matemàtiques que ens penjaven per a setembre. Sa mare s'ho va empassar de seguida. Totes les mares són unes santes. En escoltar parlar de llibres, ja les tens a la butxaca.

L'habitació de Laura era semblant a la meua. Però la de Laura es trobava ordenada, neta i sense un mal calcetí que trencara el perfecte estat de revista. L'aspecte de la meua habitació era al pol contrari, sobretot pel que feia a l'ordre i als calcetins. Però ja se sap que els detectius no són massa mirats amb els seus efectes personals.

Laura alçà la persiana d'una estirada.

—Mireu-los, són al pis sisé, els de la tercera finestra.

Tal com havia dit Laura, l'edifici era molt vell.

—Quasi cau a trossos —digué Gus.

Durant uns segons, tots tres vam observar l'objectiu. I no és que se'n poguera veure gran cosa, però el goril·la sorrut que havia esmentat Laura era allí i, davant d'ell, es trobaven els que treballaven amb els atifells de vidre. L'aspecte dels atifells em recordà de seguida el laboratori de química del col·legi.

—Sí que mosqueja, sí —vaig dir.

—¡Tu diràs!

—El goril·la té pinta de pistoler. ¿Sabíeu que els cacics del crim col·leccionen historials de pistolers?

—¿Ja comences, Àlex?

—Ehem —Gus no me'n passava una quasi mai—. Bé, jo tinc una càmera fotogràfica, una Polaroid. Com que demà és divendres, el goril·la lliurarà el maletí negre a l'estació de trens, ¿no és això?

—Això mateix —digué Laura.

—Perfecte. Demà el fotografiarem i durem les proves a la policia.

—Però les proves, ¿de què? —em preguntà Gus.

—Durem les fotografies d'un home que portarà

a les mans un maletí de contingut sospitós. Ja explicarem a la policia com hem arribat a aquesta conclusió.

—¿I tu creus que la policia es conformarà amb això?

—Això és cosa meua —vaig gallejar, com si em jugara la llicència.

—¿I què passa amb Nic *el Dur?* ¿Ja t'has cansat de buscar-lo?

—¡De cap manera! El cas de Nic *el Dur* té les hores comptades. Aquesta vesprada li farem una visita.

—Això serà si el trobem.

—¿Qui és aquest Nic *el Dur?*

—¡Pfff! —vaig fer, per allò de restar importància a l'assumpte—, és un bandarra que porta fregit un altre client nostre; el client vol que esbrinem el motiu.

—¡Ja! —va dir Laura, amb un somriure irònic.

Tot decidit em vaig fregar les mans.

—Molt bé. ¿I si ara fem una ullada de més a prop a aquest cau de l'hampa que tenim davant? Potser fins i tot en traure'm alguna cosa més.

A Laura li va semblar una bona idea.

—¿I per què no? —va dir—. Mentre no ens busquem problemes...

Gus, en canvi, no ho va veure gens clar. En cas contrari, no m'hauria dit:

—Malament, Àlex, malament —mentre feia que no amb el cap.

Doneu per fet que en un tancar i obrir d'ulls jo ja tenia un pla en el sac.

5
A la gola del llop

Era un pla redó. Al cap i a la fi, tan sols es tractava de fer una ullada al suposat cau de malfactors descobert per Laura.

Plantar-nos en el pis sisé de l'edifici de davant va ser la cosa més senzilla del món. L'edifici no tenia porter. Tampoc no hi havia ascensor. L'entrada era estreta com una caixa de sabates. Al fons hi havia una escala de marbre. Hi vam pujar a poc a poc, quasi de puntetes. La barana era de ferro, però em va semblar de gel.

Feia pudor d'humitat. De tant en tant s'hi escoltava algun telèfon, alguna màquina d'escriure, converses curtes que ens feien parar l'orella inútilment. Els replans eren deserts. Totes les portes eren tancades i la majoria lluïa rectangles esblanqueïts en lloc de rètols comercials.

Gus no obria boca. De fet, cap dels tres no havia dit res des que havíem posat els peus a l'edifici. Però Laura i jo guardàvem un silenci expectant, mentre que el meu soci feia cara de deixar-se dur contra la seua voluntat i no massa interessat pel que poguérem traure de la ullada que veníem a fer. No debades, més que no un guardaespatles morrut, ara tenia tot l'aspecte de ser un policia fora de servei que feia tard a dinar.

—¿No trobes tot açò d'allò més emocionant, Gus? —li vaig preguntar, quan érem a punt d'arribar a l'objectiu.

Gus no va saber si riure o plorar.

—¡Emocionant del tot! Sempre he volgut estiuejar en un edifici condemnat a la demolició.

—Quan la policia ens felicite per la faena veuràs les coses d'una altra manera.

—Sí, aleshores veuré les coses amb els ulls tancats i a l'espera de patir una estirada oficial d'orelles.

—Però si açò és bufar i fer ampolles, home...

—Bufar i fer ampolles: ¡ha!

—Mira-ho d'aquesta manera: de vegades hem de fer coses que no volem fer; algú s'ha d'encarregar del treball brut... Laura ens ha demanat ajuda i nosaltres...

—No t'esforces, Àlex. No em faràs canviar d'opinió.

—No, si no et vull fer canviar de res. És que et veig un poc baix de moral i sé per experiència que un detectiu desmoralitzat acaba per no voler ni renovar-se la llicència. Tant se li'n dóna, ja m'entens. Deixa els últims casos a mitges, li tallen la llum i l'aigua, i als barets de confiança ja no li fien ni el sucre. Poc després es fa fonedís i ningú no el troba a faltar. I quan els vagabunds li furten l'abric i les sabates, ¡buf!, ja sap que s'acosta el final.

Laura deixà anar un «Mare de Déu Senyor» en forma d'esbufec.

—¿Sempre és tan romancer el teu amic? —li preguntà, al meu soci.

—Sí, filla, sí, sempre. Mareja el sol de migdia...

Per fi vam arribar al pis sisé.

—¿I ara què? —digué Laura.

Hi havia cinc portes on triar.

—El cau que busquem es pot trobar darrere de qualsevol d'elles —vaig dir.

Gus féu que no amb el cap, però a més revolucions de les normals.

—Jo no pense obrir-ne cap —s'afanyà a dir.

—Ho faré jo. ¿Us havia dit que tinc un pla?

—¡Ha! ¡Àlex té un pla! Ja podem dormir tranquils...

—Vosaltres espereu-me a l'escala mentre jo faig per esbrinar-hi alguna cosa. Si m'escolteu demanar auxili, toqueu el dos de seguida. ¡Vinga, cama!

Gus va fer mitja volta i se n'anà cap a l'escala.

—Estàs sonat, Àlex.

—Vigila —em va dir Laura—, pot ser perillós.

—Sí, dona, sí. Hala, vés, vés...

Vaig esperar que s'ajupiren mig amagats als primers escalons i tot seguit vaig agafar pit.

¡Endavant amb el pla!

La idea consistia a entrar com un huracà en tots els despatxos per tal de descobrir la suposada gola del llop. En cas d'errar el tir tan sols hauria de fer-me el desentés o el despistat. Cap problema.

Les tres primeres portes que vaig provar d'obrir eren tancades i barrades. Per davall d'aquestes no vaig veure cap fil de claror.

El quart intent el vaig planejar a l'inrevés. Primer vaig mirar per davall de la porta. Vaig veure llum. El silenci a l'altra banda era absolut. Per uns moments, vaig pensar que ara tampoc no tindria èxit.

Una vegada més, vaig fer el cor fort i vaig engegar l'huracà.

¡Ep! Ja em trobava dins. Fins i tot jo mateix em vaig sorprendre. Sense pensar-m'ho, vaig tancar la porta amb el mateix estil huracanat que m'havia fet entrar-hi.

Asseguda darrere d'una taula de treball, hi havia una *top model* escultural. No era una rossa platí, però com si ho fóra. En veure'm, hi va restar de pedra. Tan sols va encertar a mossegar-se el llavi inferior. Jo també reaccionava així quan se m'oblidava traure el fem i escoltava arribar-hi el camió.

—Bon dia, vosté deu ser la secretària, ¿no? —vaig dir a la *top model,* sense donar-li temps a traure's les pales del llavi.

Mentre xarrava, vaig deixar que els ulls feren el seu particular examen ocular: taula de treball, telèfon, parets pelades, arxivador de ferro, dues butaquetes... Tot això podia valdre com a decoració d'un negoci en fallida. Però la suposada secretària no semblava tenir res millor a fer que pintar-se les ungles (un flascó d'esmalt era obert a la taula); no hi havia màquina d'escriure, ni cap rastre d'aparells electrònics. I, detall importantíssim, ni tan sols hi havia l'imprescindible pot per als bolígrafs. I així, lògicament, no es duia un negoci.

Conclusió: em trobava en un despatx mal disfressat.

Però açò no era tot: a la meua dreta hi havia una segona porta. Era tancada i per davall es veia un bon fil de claror. Aquesta porta em va fer tan mala espina, que vaig estar a punt d'obrir-la sense més ni més per esbrinar si realment havia tocat mare.

¿Hauria descobert la tapadora d'un humil negoci d'estupefaents? Déu fera que el meu pla em donara la resposta.

Tan sols necessitava un poc més de temps. Cavil·lar i amollar disbarats al mateix temps no era cosa fàcil. I d'amollar disbarats encara no havia parat. Els motius que havien de justificar la meua presència allí dins, no admetien treva.

—Que quede ben clar que jo no volia venir. Com a acte de protesta no m'he dut llibres, ni llibretes, ni res per a escriure. No em fan gens de gràcia les acadèmies de repàs, sobretot si obrin a l'estiu i no es troben en primera línia de platja.

La *top model* va somriure i va dir (perquè la vaig deixar, no penseu):

—Crec que t'has confós de niu, xatet. Açò no és una...

I prou. No la vaig deixar dir res més.

—¿Confós?, ¿jo? ¡Aquesta sí que és bona! La meua cartilla escolar li demostraria tot el contrari. Mon pare m'ha matriculat a foc en aquesta acadèmia...

—Però és que açò no és una...

—A casa l'aire es pot tallar a tisorades. Tret de la gimnàstica i de la plastilina, m'han tombat tot el curs. Ras i curt: estic acabat. Mon pare diu que si no ho aprove tot pel setembre, em traurà del col·legi i em vendrà al primer tractant d'esclaus que li passe per davant.

¡Buf, quin rotllo!

—¿Com et diuen? —vaig deixar que em preguntara la *top model.*

Si tots els disbarats que havia amollat eren falsos, ¿per què no ho podia ser aquest?

—Jaume, em diuen Jaume, però a casa em diuen Jack, Jack *l'esbudellador.* L'embotit em torna boig.

La porta que hi havia a la meua dreta s'obrí de sobte.

Ja no calia dubtar-ho més: em trobava a la gola del llop.

El goril·la malcarat que havia vist des de l'habitació de Laura aparegué com un malson, amb cara de poquíssims amics i amb la mà dreta amagada sota la fulla esquerra de la jaqueta.

Sí que tenia raó Laura. El goril·la era alt i corpulent. Més de prop vaig comprovar que tenia ulls de gàngster professional, com els que t'enviaven a criar malves sense parpellejar.

¡Pam, pam!, i al clot.

—¿Què dimonis passa ací? —digué, enfurismat, el goril·la, mentre s'afanyava a tancar la porta.

Tan sols vaig disposar d'uns segons per a clavar-hi l'ull, però em va sobrar temps per ensumar-me que a l'altra peça feia pudor de cremat.

—¡Ui, quina sorpresa! —vaig fer—, ¡el director de l'acadèmia!

—Tranquil, Günter —li digué la *top model,* amb un mig somriure del tot fals—, el xicon va perdut.

El goril·la (al qual, d'ara endavant, anomenaré Günter) va traure's la mà que duia amagada sota la jaqueta i es va cordar un dels botons.

—T'has tornat a deixar el pestell obert —li va dir, a la xicona.

Gola avall, la pobra s'empassà un bon grapat d'anys de vida. De sobte, semblà envellir.

—¡Ets l'encarregada del maleït pestell!

Günter es llançà cap a la taula, enxampà el flascó de l'esmalt d'ungles de la *top model* i l'estavellà contra l'arxivador.

—¡Tan sols has de vigilar que el pestell siga tancat!

La situació podia complicar-se en qualsevol moment. De manera que em vaig dir: ara o mai.

—El cas és que m'agradaria veure les aules. ¿S'hi va per ací?

Com si res, em vaig esmunyir cap a la segona peça del cau. Amb el pilot automàtic engegat, vaig obrir la porta i m'hi vaig endinsar.

—¡No entres!

—¡Atura't!

«¿No entres?», «¿atura't?». Ni tan sols mil senyals d'*STOP* m'haurien aturat. No cal dir que, si anava amb bicicleta, feia cas de tots els senyals d'*STOP* que m'hi trobava. Però ara anava a peu i, quan anava a peu, tan sols feia cas dels semàfors dels vianants. I ací no en veia cap.

La parella de químics que treballava a la segona peça no esperava la meua visita. Els malfactors es van quedar gelats, però no van tardar gens a reaccionar i a ensenyar-me les dents.

—¿Què passa? —digué un.

—Günter, ¿què vol dir tot açò?

Günter m'estalonava de pressa. Els ulls dels químics també em seguien. M'ho notava a les galtes.

—¿Com va això?... ¡Ai, cabàs!, ¡el laboratori de ciències naturals! Al meu col·legi també en tenim un...

—No cal alarmar-se —avisà la *top model*—, no li feu res. El xiquet es pensa que açò és una...

—¡Fes-lo fora, Günter!

Podien fer-ho quan volgueren, tret que l'ordre amagara un angoixós doble sentit. En tot just uns segons havia vist prou i massa: petites balances amb pólvores blanques als platerets; paquets de píndoles de tots els colors; atifells que contenien uns enterbolits líquids de color groc...

No calia dubtar-ho més: allí dins feia pudor de cremat. ¡I com!

En tenia prou. Volia anar-me'n. Un sisé sentit em deia que aquest cau, tal com sospitava Laura, era un laboratori improvisat, on es fabricaven drogues, o estupefaents, o narcòtics, o neuròtics, o com redimonis es diguera. La mort sempre fa servir malnoms molt exòtics quan es disfressa de píndola contra el cansament, contra l'avorriment, o contra un fum de coses més, en les quals no volia ni pensar.

El meu pla podia donar-se per satisfet.

6
Tirs dissuasius

Bé es pot dir que havia clavat un peu a la tomba. Personalment, em feia tot l'efecte.

Günter i els químics no em deixaven d'ull. Vaig suposar que per allò de salvar les aparences no es decidien a fer res. Sens dubte, si haguera tingut, jo, un bon grapat d'anys més i cara de policia d'incògnit, les pistoles ja haurien eixit a l'escena i entre tots hauríem cosit el laboratori a bales.

Però jo no duia ni una miserable pistola d'aigua a la butxaca. Ara sí que estava del tot acabat si no posava remei urgent.

Günter m'agafà de la samarreta i em posà de puntetes.

—¿Què busques per ací? —em preguntà.

Vaig estar a punt de ventar-li una targeta de visita i de dir-li: «mira, rei, sóc detectiu i he vingut a dur-vos unes entrades per a la presó de Sing-Sing». Però vist que encara no tenia targetes, vaig pensar que la resposta lògica seria la millor solució.

—Jo tan sols volia veure les aules, caram.

Un dels químics féu tremolar la seua taula amb els punys.

—¡Fes-lo fora!

Günter se m'emportà com un sac.

—¡No li feu res, no li feu res! —deia la *top model*.

Aleshores va ser quan m'assaltà la idea de no anar-me'n amb les mans buides. ¿Per què no? Va ser pensat i fet.

D'un fort sotrac, em vaig girar com un gat salvatge i em vaig alliberar de les tenalles de Günter.

—¡Maleït brivall!

D'un salt em vaig llançar per damunt de les taules dels atifells de vidre i vaig enxampar un dels paquets de píndoles. L'atzar volgué que les agafara de color roig, roig sang.

—¡Barreu-li el pas!

—¡Ha agafat un paquet!

Darrere meu escoltava l'estrèpit dels atifells i de les balances. Günter va estar a punt d'enxampar-me, però crec que els nuvolets de pólvores blanques van actuar en favor meu. En qualsevol cas, vaig pensar que si Günter anava ben armat i es decidia a regalar-me una bona dosi de plom, els nuvolets blancs no em valdrien de res.

—¡No te'n sortiràs! —m'amenaçà un dels químics.

El canallot volà per mig laboratori i m'agafà d'un peu. Sort que en tenia dos, de peus, i amb el que em quedava lliure li vaig matricular el nas amb el quaranta de la bota.

Per descomptat, no vaig atendre queixes ni insults, com tampoc no em vaig parar a pensar quant de temps em restava, abans que les tenalles de Günter o de l'altre químic em caigueren damunt.

Com un llamp, vaig saltar tots els obstacles que se'm posaren per davant *(top model* inclosa), vaig travessar la suposada tapadora del negoci i, quasi de rebot, vaig eixir al corredor.

Laura i Gus van traure el cap pel replà.

—¡Ràpid! ¡Hem de fugir!

—¿Què ha passat?

—¡Ho he vist tot! ¡Tinc proves!

Günter no tardà gens a aparéixer. I se'ns acostava de pressa, mentre es descordava l'únic botó de la jaqueta que poc abans li havia vist cordar-se.

¡Perill, perill! Günter tornava a amagar-se la mà dreta dins de la jaqueta. Ara més que mai vaig estar segur que el goril·la duia artilleria.

Baixàvem els escalons de dos en dos i de tres en tres. Günter era alt i corpulent, però també era ràpid, molt ràpid, tant, que no aconseguíem traure-li més de cinc o sis cossos d'avantatge.

—¡Corre, Gus, corre!

El meu soci anava el primer i, per a no ser home d'acció, no ho feia gens malament.

—¡Atureu-vos! —ens ordenava Günter.

—¿És que aquesta escala no s'acaba mai? —vaig esbufegar.

Els sis pisos en semblaven seixanta. ¡Buf!

—¡Atureu-vos, maleïts brivalls!

—¡Vinga, vinga!

Les camellades quasi ens feien ensopegar entre nosaltres i, a pesar de saltar-nos la meitat dels escalons, Günter no abandonava l'encalç. Potser els cinc o sis cossos d'avantatge que li dúiem, passaren a serne sis o set, però no molts més...

«¡Pam!», s'hi escoltà de sobte.

¿Pam? ¡Això sonava a pistola! Les meues sospites eren certes: Günter anava armat.

¡I la meua samarreta de bàsquet no era antibales!

—¿Què ha estat això? —preguntà Gus.

«¡Pam!», s'hi va escoltar de nou.

—¿Què és això? —tornà a preguntar Gus.

—¡Espetecs, trets, tirs!

—¡Crec que ens disparen, Gus! —li ho aclarí Laura.

—¡Ostres, ostres, ostres!

Ni guardaespatles sense augment de sou, ni policia fora de servei, ni res de res. Gus semblà rebre l'autèntica taca negra de la màfia, i va desaparéixer de la nostra vista en un obrir i tancar d'ulls. Això sí que era córrer...

—Si guanyem el carrer, estarem salvats —vaig dir a Laura.

Si les meues suposicions no anaven errades, Günter no voldria deixar-se veure al carrer, amb una pistola a les mans. D'altra banda, però, no m'acabava de creure que el goril·la fóra un tirador tan dolent.

«¡Pam!», s'hi va escoltar per tercera vegada.

—¡No us ho tornaré a repetir! ¡Atureu-vos d'una!

L'advertència em va sonar a sentència de mort. De sobte, sense parar de córrer, vaig adonar-me que els tirs que havíem escoltat eren tirs dissuasius.

Però ací s'acabava tot. No hi hauria més advertències, ni més tirs dissuasius, ni més gaites. El següent ¡pam! ens enviaria directament cap a l'altre barri i Günter ni tan sols no hauria parpellejat. O això pensava jo.

7
Proves que no proven res

Ja em veia a la primera plana de les esqueles mortuòries. Sort que Günter no ens envià, a Laura i a mi, cap a l'altre barri. Encara que si no ho va fer, va ser perquè no va voler.

Tot té la seua explicació.

Corre que correràs, Laura i jo vam arribar a la planta baixa de l'edifici i vam eixir per fi al carrer. El trànsit i els vianants van ser la nostra salvació. Mentre preníem alé vam veure Günter clavat al peu de l'escala. El vam veure amagar-se la pistola en lloc segur. Tot seguit, es va cordar la jaqueta. No cal dir que treia foc pels ulls.

Per sort els assassins professionals no acostumen a descobrir la seua identitat així com així. Supose que per això Günter no va fer un pas més.

—¿Per on deu estar Gus? —preguntà Laura.

El vam veure de seguida, fet un sac de nervis, en un cap del carrer. Ràpidament, ens reunírem amb ell.

—¡Ostres, ostres! ¿Us trobeu bé?

Jo encara tenia la sang glaçada. La samarreta no m'arribava a l'esquena. Laura semblava més tranquil·la. O potser ho estava realment. Per uns moments, em vaig preguntar de quina pasta estarien fets els seus nervis.

Gus ens convidà a tocar el dos.

—¿On és l'animalot que ens perseguia?

—No ha volgut descobrir la jugada.

—¿Així de fàcil?

—¿I què volies?, ¿que eixira al carrer disparant com un descosit?

—¡Ai mare! Ja m'espere qualsevol cosa. ¡Quin embolic, per l'amor de Déu, quin embolic! Tu, i les teues idees; tu, i els teus plans. ¡Estàs sonat, Àlex!, ¿ho sabies? ¡Sonat! Però, ¿en quin món vius?

—Jo tampoc no m'esperava res de tot açò.

—¡Ha! ¿I des de quan penses en les conseqüències de les teues malifetes?

—Allà dins es cou alguna cosa, Gus —digué Laura.

—¡M'és igual! Em feu anar a un edifici fantasma on no es veu ni un gat, i on els tirs de pistola no criden l'atenció de ningú. M'és igual si es cou res o no.

¿És que teniu un caragol fluix? Tot açò ja passa de mida, i de bon tros Àlex.

—I si el risc et fa canviar de color, ¿quina culpa tinc jo?

—Vinga, deixeu de barallar-vos —ens va dir Laura.

—¡És que s'escagarrina de no res, caram!

—Això és fals. Però jo no m'he passat tot l'any de cara als llibres perquè em liquiden en vacances.

—¡Home, ja ha eixit allò! ¡Les vacances, la platja, les pizzes d'encàrrec!...

—Si fóra a tu, a qui li agradaren les pizzes, de segur que n'estaríem ben farts.

—¡Hala, vés i corre!

—¡Bah!

Com podeu imaginar, no vam tardar gens a canviar de voreres. Laura continuà al meu costat, però done per suposat que ho va fer perquè en aquesta ocasió va ser Gus qui es decidí a travessar el carrer.

Vam arribar a l'agència sense dirigir-nos la paraula. Quan hi vam entrar, em vaig sentir en el lloc més segur del món.

—Una mà de decoració no li vindria malament —comentà Laura, mentre es deixava seduir per l'austeritat de l'entorn.

—¡Ehem!, és que estem de trasllat. Però l'agència nova sí que té aspecte d'agència de detectius...

—¡Au, va! —somrigué Laura.

Després del llarg silenci, Gus es dignà a desplegar els llavis.

—Prou, Àlex, deixa't estar de romanços. Laura no s'empassarà les teues fantasies.

Ferit en l'orgull, em vaig traure de la butxaca el paquet de píndoles que ho havia complicat tot.

—Fantasies, ¿eh? Doncs, pren: fantasies —vaig dir, alhora que llançava el paquet a la taula.

Laura el va mirar d'una manera sospitosa.

—Aquestes són les proves que he aconseguit. Ara ja podem anar a la policia.

—¿Proves? —se sorprengué Gus—. ¿I qui necessita proves? Ens han disparat i això no té perdó de Déu.

—Home, Günter no ens ha pelat perquè no ha volgut.

—¿Qui és Günter?

—És el goril·la que hem vist des de ca Laura. Li diuen Günter o, almenys, així l'han anomenat. Els noms dels altres, no els sé. També hi havia una xicona en una espècie de despatx fals, al costat del laboratori. La xicona deu passar-hi les hores mortes. Quan he entrat s'estava pintant les ungles, però Günter no ha tardat a aparéixer...

—Ja, i aquest Günter no ens ha pelat perquè no ha volgut.

—Naturalment. Primer ens ha ordenat que ens aturàrem, però com no li hem fet cas ha començat a fers tirs dissuasius per acoquinar-nos.

—¡Tirs dissuasius!, ¡ha!

—Tal com ho sents. Günter volia fer-nos desistir del nostre propòsit, que era fugir, i recuperar així el paquet de droga.

Aleshores Laura em va tirar tot un poal d'aigua freda.

—No hi ha cap droga en aquest paquet.

Espaterrat, em va deixar.

Laura agafà el paquet de píndoles i se'l va canviar de mans com si es tractara d'un fòtil sense valor.

—¿Què dius, Laura?

—Has pispat un paquet de càpsules, de càpsules buides. Aquestes càpsules s'omplin de droga, es tanquen unes dins d'altres i, aleshores, és quan es troben llestes per a la consumició.

El desengany em va deixar mut.

—Després es paguen les píndoles a bon preu, els addictes se les empassen gola avall i, quan la píndola arriba a l'estómac, les càpsules es desfan i la droga queda neta i pelada per tal d'enverinar-te la sang. És clar que mentre ho fa, et creus que vius en la glòria. Almenys, això diuen.

Gus esclafí en una riallada que m'arribà a l'ànima.

—¡Ha! ¡Càpsules! Tant de romanç per unes càpsules. Ens han disparat per no res.

—¿Per no res?

—Laura ho ha dit: aquesta prova no prova res.

—¿I per què ens ha encalçat l'animalot de Günter, eh?

—¿I què esperaves? —em digué Gus—. T'has clavat en el seu negoci i has furtat un paquet de càpsules o ves a saber de què. Potser t'han confós amb un lladregot autèntic. ¿Què volies?, ¿que et deixaren anar sense més ni més?

—¿I els tirs?

—Tu mateix ho has dit: tirs dissuasius. Si s'han pensat que eres un lladregot de veritat, encara podem donar gràcies.

—Però jo ho he vist tot: el despatx fals, la falsa secretària, els dos químics, els atifells... Vosaltres no hi éreu, però jo sí. Les sospites de Laura són certes. Aquell cau és un laboratori de drogues.

Gus va encreuar els braços.

—¿Posaries les mans al foc? Perquè, si ho faries, ja tardes a denunciar-ho a la policia.

—Gus té raó —afegí Laura.

La mala sort m'estavellava contra un judici que tenia perdut abans d'haver-lo començat. Dit d'una altra manera: les pólvores blanques que havia vist, bé podrien ser aspirines en pols. ¡Buf, quin ridícul! Fins i tot podia imaginar-me el titular de la notícia, a la primera plana dels periòdics:

L'agència de detectius Àlex & Cia. descobreix
una xarxa de narcotraficants d'aspirines en pols.

Els llops de la premsa m'esperarien a l'eixida del jutjat, al qual hauria anat a declarar, i tots em farien preguntes impertinents: «¿com va descobrir la xarxa?, ¿li feia mal el cap?, ¿per què li feia mal el cap?, ¿eren rialles allò que s'escoltava a la sala del tribunal?».

¡Prou! ¡Quina vergonya!

¡No, no, i no!, no podia posar les mans al foc per afirmar que les pólvores blanques eren droga.

—Però és ben segur que pleguen —vaig dir, tot

convençut—. Aquesta gentola no pot arriscar-se a ser descoberta. Hui els ha entrat un mosquit a la festa, i si pel motiu més impensable el mosquit se'n va de la llengua davant de qui no toca, la festa pot acabar en batuda policíaca. Per això estic segur que ara mateix estaran fent les maletes.

—Si això és com dius —observà Laura—, la teua intervenció no haurà valgut de res.

—Dona, sempre ens queda el lliurament de demà.

—¡Ei, de quin lliurament parles! —s'alarmà Gus.

—Del lliurament del maletí negre, que Günter duia a terme cada divendres. Si ha lliurat el maletí cada divendres, és lògic pensar que demà també ho farà.

—¡Ja tornes de nou! —s'empipà Gus—. I de segur que voldràs anar-hi per acabar-la d'embolicar.

—Amb la Polaroid fotografiarem Günter i després anirem a la policia. Al cap i a la fi, això és el que havíem pensat al principi. ¿Tu què en dius, Laura?

—És l'única cosa que podem fer. Em sembla bé.

Gus es portà les mans al cap.

—¿I si esteu equivocats? ¿I si els teus narcotraficants no han plegat, perquè no en tenen, de motius?

—Han plegat, Gus.

—¿I com ho saps?

—Han plegat.

Gus es desesperava davant la meua falta d'arguments.

—¡I com ho saps!

—Instint de detectiu.

—¿Instint de...? ¡Ha! El teu instint també et deia

que en l'últim examen de matemàtiques havies tret un deu, i després hagueres de pregar de genolls per un cinc pelat.

¡Ja n'hi havia prou! El meu soci m'estava deixant com un drap davant de Laura.

Tot decidit, vaig agafar el telèfon.

—Si et demostre que tinc raó potser deixaràs d'agafar-me per un bocamoll: els traficants han plegat, Gus.

—Doncs, jo no pense tornar-hi per esbrinar-ho.

—En això té raó, Àlex. No podem tornar-hi.

Ves per on, ara Laura es posava de part del soci insubordinat.

¡Ignorants! Tots dos tenien el cap ple de serradures.

Vaig marcar el 332...

Vaig demanar per Víctor, de part d'Àlex...

—¡Ostres, Àlex!, estava impacient per rebre notícies vostres —em va dir el nostre primer client, quan es va posar al telèfon.

—Víctor, cal que ens prestes un servei.

—¿Un servei? ¿Però ja heu resolt el meu cas?

—Ehem, no del tot... Però ja n'hi ha un bon grapat d'agents que se n'ocupa.

—¡Ai, que bé!

—Diguem-ne que, açò del servei, és una espècie de pagament avançat.

I l'espavilat de Víctor va i em diu:

—¿Com una espècie de pagament per les despeses inicials?

—Això mateix.

—Molt rebé. Sóc a la vostra disposició.

—Pren nota del que has de fer...

¿Alguna vegada us heu vist amb l'aigua al coll? ¿I què me'n dieu, dels plans d'emergència, per a resoldre situacions compromeses com aquesta?

8
La dimissió de Gus

De vesprada, Gus arribà a l'agència poc abans de les cinc i mitja. A diferència dels comentaris d'altres ocasions, ara hi va entrar sense dir ni piu.

Jo em trobava ben ocupat en les tasques de decoració de l'agència. De casa m'havia dut tot allò que vaig trobar d'utilitat per tal de donar-li un aspecte més acollidor, com ara un globus terraqüi que vaig col·locar en un cantó de la taula; un pot amb estris d'escriptura; un periòdic vell; i el cartell d'un trompetista de raça negra, que devia tenir la trompeta embossada quan li van fer la foto, perquè el pobre s'hi estava deixant les galtes.

—¿Com va això, Gus?

Gus es va plantar davant meu i em va llançar el segon poal d'aigua freda del dia.

—Vull presentar la meua dimissió. ¿Et val de paraula o la vols per escrit?

—¿Ja has tornat a dinar macarrons, Gus?

—No, hui era ensalada russa. Però no vulgues enredar-me de nou, Àlex: dimitesc.

—¡Fantàstic!: «dimitesc». És a dir: Àlex, me'n vaig, adéu, apanya-te-les com pugues, ¿no?

—Serà millor que busques un altre soci. Jo no tinc fusta de detectiu. Et conec molt bé i sé que en qualsevol moment et trauràs de la mànega el botí perdut d'un banc, o un cas de falsificació de bitllets, o qualsevol altre disbarat.

Unes trucades a la porta ens obligaren a deixar l'assumpte pendent.

—¡Endavant!

Era Laura, i també Víctor, el qual va entrar-hi darrere d'ella.

—¿Us heu posat d'acord per arribar-hi al mateix temps? —els vaig dir.

Laura ens va fer una salutació amb la mà. Víctor havia vingut per facilitar-nos la informació que li havia encarregat esbrinar de matí; i Laura va dir que també vindria aquesta vesprada per estar-ne al corrent, del seu cas. De manera que ja érem tots a l'olla.

Per força, vaig fer les oportunes presentacions entre Laura i Víctor. Al cap i a la fi, ara tots viatjàvem en el mateix vaixell.

—Vinga, Víctor, ja pots buidar el pap.

Laura i jo agafàrem cadira. Gus va ocupar un cantó de la taula.

—Molt rebé —digué Víctor, sense acabar de creure's que es trobava en tota una agència de detectius.

—Vinga, canta d'una.

—Molt rebé: tal com m'has demanat per telèfon he anat a la primera adreça que m'has donat. He entrat en l'edifici i he pujat al pis sisé. Després he anat al despatx que em vas indicar...

—¡Ostres, Víctor!, ¡al gra, al gra!

—Molt rebé. He trucat a la porta. Si m'obria algú havia de fer-li una ràpida ullada, mentre feia com que m'havia equivocat i girava cua...

—¿Però hi havia algú o no?

Víctor es va inflar els pulmons i deixà anar l'aire abans de dir:

—No.

—¡Ho sabia! —vaig fer un bot d'alegria—. ¡Günter i els seus col·legues han plegat! ¿Què us havia dit? Els ha faltat temps... Jo tenia raó.

¿O potser no? Un detall em féu dubtar. Un detall, un maleït detall, un detall que tenia forma de pestell. No debades, Günter havia dit que la *top model* era l'encarregada de mantenir el pestell de la porta ben tancat. Per tant, la porta que donava al corredor podria trobar-se tancada i barrada, però això no voldria dir res...

Gus, com si m'acabara de llegir el pensament, preguntà a Víctor:

—¿Com pots estar-ne segur? Trucar a una porta i no rebre resposta no siginifica res.

Però Víctor va ser clar com l'aigua.

—Sé que no hi havia ningú perquè he entrat dins. La porta no era tancada amb pany i clau.

Laura estirà les cames i posà els peus sobre la vora de la taula. Jo vaig fer el mateix. Un somriure de felicitat m'anava d'orella a orella.

—Supose que hauràs fet un colp d'ull —digué Gus.

—Naturalment. Hi ha dues estances. La primera m'ha semblat un negoci abandonat. Hi ha una taula i un arxivador. He mirat pels calaixos. Eren buits. Al costat de l'arxivador, en terra, hi havia una taca, era una espècie de pasta rogenca. Feia pudor a esmalt d'ungles.

—¿I la segona peça?

—La segona peça dóna al carrer. La persiana del finestral es trobava abaixada.

Laura va fer un gest afirmatiu.

—Jo també l'he vista així quan he anat a casa, a dinar.

—En aquesta segona peça tan sols he vist taules buides i vidres trencats. El terra n'estava ple.

Aquest Víctor valia un imperi.

—Un treball de primera, Víctor, de primera —el vaig felicitar.

—Gràcies, però encara no he acabat.

¡Aquesta sí que era bona!

—Entre els vidres —continuà Víctor— m'he trobat açò.

Víctor furgà en una butxaca del pantaló. Gus parà la mà.

—Són càpsules —digué el meu soci.

Efectivament, eren tres càpsules buides, igual com les que jo havia pispat de matí. Aquestes, no obstant, eren de color groc.

—Això és tot —es disposà Víctor a concloure—. Després he mirat la segona adreça que m'has donat, que era aquesta on ens trobem, i me n'he vingut de cap.

Gus deixà anar un esbufec de decepció i enfonsà les mans en les butxaques de les bermudes.

—¿Què? —li vaig dir amb to sorneguer—, ¿han plegat, o no han plegat?

—Bé, ¿i ara què? —féu Laura.

Jo no cabia de goig en la meua pell. Mentre em fregava les mans, vaig dir:

—Ara ha arribat l'hora de resoldre els casos. Aquesta vesprada, mirarem d'espolsar-nos el de Víctor. Demà de matí, anirem a l'estació de trens.

—¿Puc fer alguna cosa més o me'n torne a casa? —va preguntar Víctor.

—¿Tornar-te'n a casa? D'això res. Ara anirem a dir-li quatre coses ben dites, a Nic *el Dur*. Ja sabem on trobar-lo. Tu vindràs amb nosaltres. Potser la teua presència serà necessària.

—Em pensava que eren altres agents, els que s'ocupaven del meu cas.

—Home, sssí... Però els altres agents ens posen al corrent de les investigacions i nosaltres ens ocupem de tancar-les.

—Ah, molt rebé.

Vam enfilar la porta. Laura i Víctor van eixir davant. Per uns segons, vaig veure el tos llis i lluent de Víctor. ¡Ecs!

Suposava que Gus vindria darrere meu, però quan vaig fer mitja volta per tancar la porta amb clau, el vaig veure encara repenjat de la taula.

—¿Véns, Gus?

No vaig rebre resposta. Gus semblava buscar-la per terra.

—¿M'hi acompanyes, almenys?

—¿Què no dus prou companyia?

—Açò ho hem començat tu i jo junts, Gus. Si no véns, res no serà igual. I que quede ben clar que no vull posar-me sentimental.

Gus deixà de repenjar-se i se m'acostà.

—¿I per què no ho oblidem tot?

La pregunta m'obligà a ajuntar la porta. Amb el cap vaig assenyalar cap al corredor.

—Víctor i Laura confien en nosaltres. Si tu fores un d'ells, ¿t'agradaria que et deixaren a l'estacada en el pitjor moment?

—¡Ei, para el carro, Àlex! Vols fer-me un colp baix. Saps molt bé que deixar amics a l'estacada és anticonstitucional. Jo no he faltat mai a les nostres lleis.

A poc a poc, Gus tirà a obrir la porta.

—Una cosa és jugar a detectius i una altra de ben diferent és voler fer de detectius. Vinga, anemhi.

El fet d'haver recuperat Gus, feia que em tremolaren

les cames mentre tancava el forrellat. De seguida, com un llamp, vaig posar-me al seu costat.

—¿He d'entendre que has ajornat la teua dimissió?

Gus digué, sorneguer:

—¿No ets detectiu?, doncs, endevina-ho.

—Els detectius investiguen, no endevinen.

—¡Llàstima!, si fores capaç d'endevinar podries posar-te un mocador al cap i fer-te passar per una tiradora de cartes.

—¡Sí, home!, un mocador al cap, ¡i una arracada en una orella!, ¿no?

—Això mateix, i després maquillatge, molt de maquillatge. I ungles postisses, llargues com espases.

—¿Però has ajornat la dimissió, o no?

—Si vols saber-ho, llig la premsa de demà. Com tu dius, hi ha qui escolta l'FM, però hi ha qui ha d'estar informat en tot moment del que passa... a la selva d'asfalt. Pots estar tranquil, a última hora posaré al corrent els principals periòdics sobre la meua decisió.

—¡Molt graciós, Gus! No tenim encara prou maldecaps, i ara em véns amb històries.

—¡Mira, qui parla d'històries!

—¡Hala, vés i corre!

—¡Bah!

¡Quin amic! I pensar que el considerava el major tresor de tota ma vida...

9
Nic el Dur

Als billars Minnessota ens havien donat la informació necessària que ens duria a Nic *el Dur*.

Havíem d'anar a l'antiga fàbrica de maquinària industrial que es va incendiar feia uns anys. Vam tardar uns vint minuts a arribar-hi. Durant tot el camí, Gus i jo tornàrem a caminar per voreres distintes. Fins i tot, vam travessar els carrers per semàfors diferents. Víctor i Laura també coneixien la fàbrica. En el seu moment, l'incendi que la va socarrimar pels quatre costats va tenir molta anomenada. Segons Laura, sa mare deia que qualsevol dia tota la fàbrica aniria a terra. Pel que semblava, la mare de Laura es moria de ganes per ensorrar edificis.

La fàbrica es trobava en un dels punts més abandonats de la ciutat. Les finques que l'envoltaven lluïen un aspecte ruïnós. Es veia de lluny que no hi vivia quasi ningú. A pesar del temps que havia passat —quasi tres anys—, encara es podien contemplar els efectes de les flames i del fum arreu de l'edifici incendiat. Les finestres no conservaven cap vidre sencer. De fet, crec que no hi havia res sencer a prop.

La porta principal de la fàbrica era tancada amb grosses barres de ferro i amb cadenats coberts de rovell. Dins s'escoltaven uns colps secs que ens van fer dreçar les orelles.

—Ací dins hi ha algú —vaig dir.

«¡Blam!», s'hi sentia cada tres o quatre segons.

—Vinga, busquem una entrada.

Laura em seguí sense dubtar-ho. A Víctor, en canvi, semblava que li pesaven les cames. Gus anava l'últim, amb les mans en les butxaques i fent puntades de peu a tot allò que se li posava per davant. D'una cosa, ja me n'havia adonat: no hi havia cap pot ni cap llanda, a la qual poder fer-li un xut.

D'amagat, vam fer-li la volta a la fàbrica. Aleshores ho vaig veure clar: a la part de darrere s'obria un ample carreró que s'endinsava entre els murs. Dos pollosos de la nostra edat, que semblaven trets d'una claveguera, vigilaven l'entrada mentre empastifaven les parets amb pintura d'esprai.

Per curiositat, vaig observar la reacció de Víctor. El xicon s'havia fet fonedís darrere de Laura. No cal dir que va reconéixer la parella d'artistes. De seguida, vaig estar segur que havíem topat amb la meitat de la Mix Quartet Band.

(Vista la confusió que es produiria a l'hora de referir-me a la colla de Nic *el Dur* —ja que tots s'anomenaven igual—, he decidit numerar el malnom de cadascú per tal d'evitar complicacions. De manera que ja n'esteu avisats).

Com he dit, Mix 1 i Mix 2 vigilaven l'entrada del carreró, ben armats amb pots de pintura. Sols vaig trobar a faltar una parella de dòbermans, d'aquests que, en lloc de lladrar-te, et mastegaven directament.

—¡Alto! —ens va ordenar Mix 1—, açò és zona prohibida. Toqueu el dos ara mateix si no voleu canviar de color.

L'amenaça del pollós quasi em féu riure.

—¿Sabries lletrejar tot això? —li vaig dir.

Mix 1 es quedà un poc parat.

—¿On es troba el vostre capitost, comanda de carronya?

Els dos vigilants van restar bocabadats per la meua fanfarronada. ¡Quin remei! De vegades, els detectius han de fer coses així. Han de fer veure que no tenen por de res, i molt menys d'una parella de mamarratxos sense personalitat.

—No tinc tot el dia, ¿eh?

—¿Busques Nic? —em preguntà Mix 2, ben sorprés.

—No, busque sa mare, per demanar-li un pessic de sal per al sopar... ¡És clar que busque Nic, cap de meló!

No cal dubtar-ho: tenia un pla. Per començar, havia de mostrar-me molt segur de mi mateix. Aquest truc sempre era infal·lible a l'hora de causar una bona impressió.

—¿Què?, ¿em porteu al seu costat o agafe la directa pel meu compte?

Els dos Mix havien de prendre una decisió i la veritat és que no en tenien molta, de pràctica.

—Acompanya'm —em va dir finalment Mix 1.

Abans de seguir-lo, vaig pegar el nas al de Mix 2 i li vaig clavar els ulls fins al tos. Amb un polze, vaig assenyalar cap a la meua gent.

—No els toques un pèl, ¿entesos? —el vaig avisar.

Mix 2 féu un gruny. Segurament es moria de ganes per pintar-me de dalt a baix.

A continuació, em vaig deixar dur per l'altre Mix.

—¿T'hi acompanye, Àlex? —em preguntà Gus.

Ni tan sols vaig girar el cap per contestar-li. Però no ho vaig fer perquè continuara empipat amb ell. Tots dos havíem tornat a caminar per voreres distintes, això era cert. Però, a mi, ja se m'havia passat. I pel que semblava, a Gus també. Senzillament, no vaig ni tan sols girar el cap perquè això faria pensar als Mix que no em calia ningú per veure-me-les amb Nic *el Dur*.

Així i tot, no volia que el meu soci malinterpretara la meua suposada indiferència i per això li vaig dir:

—Tranquil, Gus, encarrega't de la clientela. Vindré de seguida.

Mix 1 em féu anar fins a la tancada del carreró. Després vam entrar per una porteta que grinyolava només de mirar-la. Vam travessar un corredor estret i ennegrit i, en tombar per un colze, vam eixir a una gran planta baixa.

L'estat d'abandó de la fàbrica ens envoltava pertot arreu. Tan sols hi havia quatre màquines mal comptades ací i allà. Al sostre, ple d'esvorancs que permetien veure el cel, hi havia corrioles enormes, de les quals penjaven unes cadenes tan llargues que fins i tot tocaven terra.

De sobte, el vaig veure: Nic *el Dur* era a uns escassos deu metres de nosaltres, assegut en una taula, que si no era de ferro massís li faltaria ben poc.

¡Buuuf! La descripció que Víctor ens va donar de Nic *el Dur* no podia ser més exacta: front ample, mirada de llop, nas de boxejador, mans que feia servir de martells i cabells fets un nyap. A més de tot açò, afegiré que Nic *el Dur* em va recordar els ramats de búfals americans.

—Nic, tens visita —li va dir Mix 1.

Nic va traure els ulls d'una llanda de benzina que aplanava a colps de puny. «¡Blam!, ¡blam!», i amb tres colps més la llanda quedava com paper ceba i Nic la llançava darrere seu sense mirar. Els altres dos membres de la colla que faltaven —Mix 3 i Mix 4— empomaven les llandes i els pots aplanats, i els ordenaven en caixes de cartó.

Tot d'una vaig trobar l'explicació del tripijoc de pots i de llandes, del qual ens havia parlat Víctor. Nic i la seua colla feien negocis il·legals amb ferro vell. N'estava convençut. Era així de fàcil i així de clar. La Mix Quartet recollia la mercaderia dels femers urbans i Nic feia de màquina premsadora; i no cal dir que li sobraven facultats.

—Per fi ens veiem les cares, Nic *el Dur* —li vaig endinyar amb tota la barra—. El cas és que m'agrada el teu malnom, ¿saps? Però, ¿té raó de ser o tan sols val de mostra? Bé... Vull dir, ¿fins a quin punt ets dur, criatura?

(Aquesta última fatxenderia l'havia escoltada en una pel·lícula de gàngsters que havia vist feia molt poc).

Crec que la mirada que em va fer Nic *el Dur* em va socarrar les pestanyes, però no vaig moure un dit per comprovar-ho.

Els tres Mix que acudien a la sessió restaren blancs. Ni respiraven. Mix 1 se'n va eixir de la suposada línia de foc que em separava de Nic i de les seues deixalles. El fet que aquestes esdevingueren projectils em va traure les primeres gotes de suor.

—¿Et conec de res, monyicot?

—No ets tan afortunat, però la cosa ja passa de mida, i he hagut de venir personalment per donar-te un poc de canya.

Mix 3 i Mix 4 van tancar els ulls com si s'ensumaren l'esclafit d'una explosió. Mix 1 reculà un altre pas.

—Brrr... —féu Nic.

Jo m'hi vaig acostar amb tota la tranquil·litat.

—No, no cal que brames. Estic fins a més amunt de la coroneta del cap...

Amb un dit vaig assenyalar-li la meua.

—... ¿la veus?, d'aquesta en concret... Bé, doncs, estic fins a més amunt d'aquesta coroneta tan preciosa que tinc, d'haver de suportar les teues fanfarronades. A l'agència n'estem fins a l'accent, de faena, i un dels meus agents no pot fer un pas al dret sense que tu i els teus ninots us claveu pel mig. ¿Es pot saber per què, fastigós exemplar del neolític?

Els Mix es van posar al recer de les màquines més properes.

Nic es posà dret, se m'acostà i m'enxampà de la samarreta. Per primera vegada li vaig veure clarament les botes amb punteres de ferro, de les quals ens havia parlat Victor. ¡Buf!, jo no estava fet precisament de mantega, però estava segur que no suportaria dos puntellons seguits d'aquelles botes tan terrorífiques.

—¿D'on ixes tu, buscabregues? —digué Nic.

Els peus (els meus, és clar) deixaren de tocar terra. Aquesta situació m'era familiar.

—Al Minnessota m'han dit que podria trobar-te ací. El teu amic Roc volia que aprofitara l'ocasió per tal de donar-te un missatge... Però se m'ha oblidat. Les teues amistats em provoquen amnèsia.

Tot d'una, vaig endevinar per què Mix 1 s'allunyava d'una suposada línia de foc: ¡jo era el projectil!

¡I a volar pels aires! Això és exactament el que

vaig fer. Nic em va llançar com un obús contra la pila de ferralla que faltava per aplanar. Pots i llandes de tota classe van eixir rebotats en totes les direccions. Per això els Mix s'havien arrecerat sota les màquines, per protegir-se de la tempesta.

—¿A qui li volies donar canya, a qui?

Segon vol; aquesta vegada contra les caixes de ferralla premsada. ¡Patapam!, segona patacada al cos.

—¿A qui has anomenat fanfarró?

Tercer vol. Ara vaig eixir disparat contra les cadenes que penjaven del sostre. A batzegades, crec que vaig acabar per menjar-me-les totes, fins enredar-me per complet en els embulls.

—¿N'has tingut prou o encara en vols més? —em va preguntar Nic.

No podia donar-me per vençut: ara calia ser més antipàtic que mai.

—També t'he anomenat «fastigós exemplar del neolític», fes memòria.

La veritat és que em feien mal tots els ossos. Ni als billars Minnessota m'havien maltractat l'anatomia amb tanta rapidesa i eficàcia.

Per sort, en aquesta ocasió Nic no em va llançar enlloc, però amb una habilitat sorprenent em va relligar una de les cadenes pels turmells.

—Pots estar tranquil —li vaig dir—, no tinc cap intenció de fugir.

—¿Ah, no?

—Fins que no em dónes una explicació, de cap manera. He vingut per posar en clar l'assumpte del meu agent i no me n'aniré d'aquest niu de rates sense haver-ho aconseguit.

—Pengeu aquest busca-raons de la corriola, i ben alt. Ja pensaré què faig amb ell.

Els tres bufons van obeir a l'acte.

—Hummm... —vaig fer—. Si el que vols és ferme patir complex de pernil, vas llest. Sóc un detectiu a prova de complexos.

—¡Vinga, amunt! —ordenà Nic.

I amunt que vaig anar-me'n, amunt, molt amunt, més amunt encara, mentre a cada estirada dels bufons podia escoltar amb més claredat els grinyols de la corriola.

Avall restava el somriure vanitós de Nic. Les seues dents em van semblar pales d'excavadora.

El meu pla funcionava a la perfecció. Però el somriure de Nic no em va deixar cap altra opció. Havia d'esborrar-lo.

—¿Açò és tot el que saps fer? La veritat, m'esperava alguna cosa més original.

Somriure esborrat. Nic no s'ho pensà dues vegades. Un pot em fregà una orella i rebotà contra el sostre cremat.

—Zero en punteria, rei: no progresses adequadament.

¡No ni poc! Un segon pot em va fer un ple al quinze en tot el cap. L'impacte em va llevar les ganes de tot. L'única cosa que se'm va acudir, va ser comprarme un barret d'agent secret per tal d'amagar-me el bony que de segur m'hi eixiria.

Sí, ja sé que el meu càrrec exigiria un barret de detectiu, però els barrets d'agent secret, lògicament, són més discrets. Al cap i a la fi, al bony no li faria res. Aniria tapat.

10
Pla de xoc

Bé, el meu pla no m'havia dut a una posició massa còmoda, però podria ser pitjor, com ara amb la cadena que em sostenia pels turmells ben relligada al coll.

Nic tornà a premsar pots i llandes amb el seu mètode particular, és a dir, amb la descàrrega del puny pelat contra el metall i amb el «¡blam!» corresponent que semblava sotragar-ho tot.

Mix 3 i Mix 4 començaren a ordenar la ferralla que els meus vols havien escampat pertot arreu, mentre que Mix 1 va rebre ordre suprema de tornar-se'n al carreró.

—¡Per favor! —li vaig dir, abans de perdre'l de

vista—, digues al meu soci que em trobe perfectament; que eixiré de seguida...

«¡Blam!».

—¡Ei, Nic!, ara que ja t'has asserenat, et propose un tracte. En el teu lloc me'l remugaria, si és que no vols perdre aquest negoci il·legal que t'has muntat.

«¡Blam!».

—Supose que els ferrovellers et pagaran a bon preu totes aquestes deixalles... No m'estranya gens que sovintegeu els carrerons de mala mort. Per a vosaltres deuen ser com unes mines d'or.

«¡Blam!».

—Atén-me: si deixes en pau el meu agent, no diré res dels teus negocis bruts. Reciclatge il·legal de ferralla, ja m'entens...

«¡Blam!».

—En cas de negativa, és a dir, si no t'oblides del meu agent, demà a primera hora la bòfia desmantellarà tota la teua xarxa de pots i llandes, i no podràs clavar el puny més que a les reixes de la presó. Però són de ferro colat,...

«¡Blam!».

—... t'ho avise.

¿Què?, ¿com havia encarrilat la meua contraofensiva? Jo pensava que no estava gens malament, sobretot perquè Nic *el Dur* s'havia molestat a mirar-me un parell de vegades, i jo encara no havia esgotat la munició per tal d'atraure la seua atenció i posar-li els nervis de punta.

I, «¡blam!».

Per descomptat, no em vaig acoquinar.

—A més, si penses deixar-me ací dalt molt de temps, fins i tot podrem acusar-te d'obstrucció a l'autoritat i tot això.

«¡Blam!».

—¿El motiu?: un cas de drogues. N'estic encarregat. Demà de matí tinc una cita en la terminal de trens. Narcotraficants. Te'n fas el càrrec, ¿veritat?

«¡Blam!».

—Vegem: reciclatge il·legal; obstrucció a l'autoritat; ¡ah!, i agressió a uns agents de la llei... ¡Buf!, no m'agradaria estar en la teua pell. Et *plouen* acusacions per tots els costats. ¡Quina gràcia! Potser tindràs l'honor de ser el primer presoner tempestuós de tota la història.

«¡Blam!».

—Et caldrà un bon picaplets. Jo en conec alguns, però la majoria estan diplomats en corrupció...

—¡¡¡Prou!!! —saltà Nic.

¡Per fi! El meu pla de xoc depenia de traure Nic de polleguera, i ja ho havia aconseguit.

—Només dius bajanades. ¿Què et portes entre mans?

—Si arribem a un acord, tancarem el cas. L'agència t'ho agrairà.

Nic va descarregar els punys contra la taula de ferro. Van ser dos colps desaprofitats.

—¡Però de quin cas parles! ¡De quina agència!

Havia arribat la meua oportunitat i no pensava desaprofitar-la.

—Àlex i Cia. Agència de detectius —vaig dir—. Si tens un problema, nosaltres te'l podem resoldre. És clar que si topetem amb algú com tu, els problemes s'agreugen, la resolució dels casos s'allarga i al final qui paga la festa és el client.

Nic em va llançar una mirada plena de males intencions.

—Jo no tinc res a veure amb cap agència de res.

—¡No ni que! Un dels nostres agents viu un autèntic calvari per culpa teua. Les seues tasques de vigilància quasi sempre acaben en un dels teus carrerons. I així, com tu comprendràs, no es pot seguir la pista ni d'un caragol vell.

Nic agafà un altre pot i, després de restar pensarós uns segons, li descarregà el puny.

«¡Blam!».

—Però, ¿de qui parles?

—Parle de Víctor, un company teu d'escola.

—¡Mira!, ¡Víctor!, un altre monyicot com tu, un set-ciències fastigós, un coent absolut, mercaderia cent per cent covard...

—¡Ei!, de covard, res.

—És un marcià.

—¿I per què, si pot saber-se?

—Parla com un marcià, actua com un marcià, i va vestit com un marcià. És suficient per a mi.

Amb veu de sorprés i d'irritat alhora, vaig dir:

—¡Però això és perquè les seues tasques de vigilància li ho exigeixen! Amb el seu aspecte de menut repelent, quasi té immunitat diplomàtica per a ficar el nas en llocs on altres agents mai no podrien entrar-hi. Però quan es troba fora de servei és com tu i com jo, home.

¡Buf, quin discurs! Açò de fer xarrades tan llargues de cap per avall et deixava la llengua baldada.

—¡Ja! —exclamà Nic—. Mira que voler fer-me creure que Víctor treballa en una agència de detectius... ¡Tens una barra!...

—Tu fas negocis amb ferro vell... ¿O m'equivoque?

—L'estiu és molt llarg i no vénen malament uns diners extra.

—Això ja ho sé. L'estiu és igual de llarg per a tots. Però la cosa és ben clara: tu ets un home de negocis i Víctor fa de detectiu privat. Cadascú se les apanya com pot. El cas és no fer mal a ningú.

—Jo no faig mal a ningú.

—¿Ah, no? ¿I què dius del dia que esparracàreu tota la roba de Víctor?, ¿o del dia que l'empastifàreu de cap a peus?

—Va ser divertit. Pot donar gràcies que encara no l'he trepitjat.

—¡Aquesta és una altra! Víctor també ens ha parlat de la teua debilitat per les races inferiors i de la missió que tens encomanada a les teues botes.

«¡Blam!».

—Tenia entés que les races inferiors no existien, però ara que t'he conegut no n'estic tan segur... En fi, si tens l'enteniment a prova d'intel·ligència, la culpa no és nostra, però almenys deixa'ns treballar en pau.

«¡Blam!».

—I ara que t'he dit la major part de les coses que volia dir-te,...—¡quin cansament!—...ja em podeu abaixar. Les celles em pesen com el plom.

—D'això res.

«¡Blam!».

—¿Ah, no?

—No m'he empassat res del que m'has dit.

—¿Res?

—Res.

«¡Blam!».

—Doncs, això que encara no he acabat. Per casualitat, ¿no tindràs un pare que atén al nom de Günter?

—No.

—¡Quina sort! A un dels traficants que hem d'engarjolar li diuen així. Si vingueres demà a l'estació de trens, te'l presentaria. Tots dos faríeu una parella perfecta.

Nic va dur-se les mans al cap i deixà anar un esbufec.

—¿Es pot saber qui ets tu?

—Em diuen Àlex.

—¡Àlex!, ¡és clar!: Àlex i Cia., i tu ets l'Àlex i t'agrada jugar a detectius i lladregots, ¿no?

—Vas errat, Nic. L'Àlex, al qual fa referència el nom de l'agència, és el del meu besavi, que va ser el seu fundador. La nostra és una agència d'antiga soca, ¿què pensaves?

«¡Blam!».

—Ja m'ho imaginava, que diries això.

Ara sí que havia esgotat tota la munició. I damunt no veia la forma de traure conclusions per tal de jugar una última carta que em lliurara del segrest. De cap per avall sóc incapaç de fer res al dret.

Aleshores...

—¡Mans enlaire!

... hi va arribar la cavalleria. ¡I Laura duia la veu cantant!

Ignorava com, però Gus i Laura havien fet presoners els estaquirots del carreró. Els meus amics havien desarmat Mix 1 i Mix 2 i ara els encanonaven amb les seues pròpies armes, és a dir, amb els pots de pintura d'esprai. Els encanonaven al cap. Per a ser exactes, els apuntaven directament als forats de les orelles.

—¡Mans enlaire! —repetí Laura.

La xicona em tenia impressionat. Actuava com si portara anys tractant amb delinqüents. Pura rutina, després de tanta experiència.

Mix 3 i Mix 4 s'havien dut les mans a les butxaques. No havia vist els seus pots de pintura, però la seua acció era ben aclaridora de les seues intencions.

En qualsevol cas, Laura ni tan sols els va deixar desenfundar.

—¡Ni ho intenteu!, o els vostres col·legues seran els primers afortunats a escoltar música en color.

¿I què podia dir de Gus? Ell no era home d'acció i potser per això trobà millor que Laura s'encarregara de tot. Però tant s'hi valia, qui dels dos dirigia l'assalt. El cas era salvar la pell.

¡Caram!, fins i tot Víctor havia vingut, esporuguit i tot, però havia vingut i això ja era més del que li podia demanar.

—Busquem el nostre amic —digué Laura—. ¿Què heu fet amb ell?

Nic no semblà massa preocupat. De fet no va moure un dit. Hagué de trobar-ho tot prou divertit i absurd.

—Ens han agafat de sorpresa —s'excusà Mix 2.

—Sí —va dir l'altre—, no hem pogut fer res... Se'ns han llançat al damunt i...

Això era del tot fals. Segons em va contar Gus, Laura i ell es feren passar per aprenents en l'art del grafiti i amb l'amistós intercanvi de pots per tal de mostrar les seues habilitats, es feren els amos de la situació. Això era tot.

—Sóc ací dalt, Laura.

En veure'm, Gus arrufà una cella.

—Tranquil, Gus, tot està controlat. ¿Per què heu vingut? ¿No us han dit que eixiria de seguida?

—Tardaves massa...

Víctor s'encarregà d'abaixar-me.

—Tens les galtes ben enceses —em va dir, quan vaig plantar els peus a terra.

Vaig tardar un poc a retornar a la normalitat. Tot el cos em formiguejava i escoltava tambors a les temples. La fàbrica em feia voltes a dreta i a esquerra. En resum, durant una breu estona, vaig estar més marejat que un allioli.

—Bé, crec que ací ja no tenim res a fer —vaig

dir, amb el sentit de l'equilibri mitjanament recobrat.

Nic em mirava de tant en tant.

Sense dubtar-ho, vaig plantar Víctor al meu costat. El rovell de les cadenes li havia fet malbé la roba, i el pobre no veia la manera de traure's les mascares.

—Víctor...

—¿Què mana?

—¿Vols estar-te quiet?

—Molt rebé.

Tot seguit vaig fer petar els dits per cridar l'atenció de Nic.

—Ací, on el veus —li vaig dir—, Víctor és un agent disfressat, disfressat de marcià, si vols, però disfressat. Em dóna igual que t'ho cregues o que no. El risc és teu. Si tornes a creuar-te en el nostre camí, acomiada't del teu negoci redó.

Nic quasi es va posar a riure.

—Riu-te, si vols, però deixa Víctor en pau. De moment em caus bé, però si t'agafe mania desitjaràs no haver-me conegut.

—Anem-nos-en —digué Gus.

—¡Ah! —se m'oblidava—, i pel que fa a les teues botes, més val que te les canvies per unes bones espardenyes o per unes sandàlies del mercat. De segur que les trobaràs més còmodes i a més et faran semblar més civilitzat.

Vam recular sense perdre d'ull l'enemic i vam fugir a tot drap. Pel corredor d'eixida, Laura i Gus no deixaren de disparar pintura per si de cas ens

estalonaven. El mal és que Víctor la va arreplegar tota. Llevat d'ell, tots vam córrer en línia recta. Però Víctor feia ziga-zagues tot desesperat. I així va acabar: tot pintat.

És clar que ara ja sap que la fugida en zig-zag tan sols ha de fer-se quan l'enemic obri foc amb tota la mala idea. Però si l'enemic no obri foc, com va ser el cas, la fugida en línia recta és la més ràpida i la més efectiva.

Una altra cosa és que els teus companys disparen a cegues i que tu et claves pel mig com una nena histèrica. ¿O no?

11
¡Adéu, Gus!

Divendres de matí, quan vaig obrir els ulls, al llit, vaig estar a punt de demanar auxili. Estés de sobines, no podia ni bellugar els dits dels peus. Em sentia més adolorit que mai. ¡Buf!, mil anys de treballs forçats no m'haurien deixat pitjor que els maltractes rebuts per Nic *el Dur*.

Saltar del llit va ser tot un suplici. Eren les nou. Mai no m'havia alçat tan prompte en vacances. Vaig fer una ullada per casa. No hi havia ningú. La coixinera del pa no hi era, a la cuina, la qual cosa em féu deduir que ma mare havia de ser al forn; o al forn i al mercat; o al forn i a la farmàcia; o, en qualsevol cas, al forn i en un altre punt del planeta, ja que ma mare era molt corredora.

Amb prou esforços, vaig endreçar-me per anar a l'estació de trens. De nit ja m'havia ocupat de la Polaroid, de manera que no vaig tardar massa a estar llest per posar-me en acció. Amb tot, era molt de matí per a anar a l'agència a esperar Gus. En tot cas, ell no hi aniria fins a les onze. La vespra no havíem quedat en res i, per això, no vaig tenir altre remei que tirar mà del telèfon.

—¿Es pot posar Agustí? Sóc Àlex.

Sa mare em va dir que dormia.

—És important —vaig insistir; tan important que em vaig fer el pesat fins que vaig aconseguir el meu propòsit.

Una eternitat després vaig escoltar per l'auricular la veu ensopida de Gus.

—¿Què vols, Àlex?

—Gus, són les nou i mitja, és divendres i tenim una cita a l'estació de trens...

No cal dir que Gus s'espavilà de colp.

—¡Ei, ei, ei, para el carro!

—Tinc la càmera a punt i tot.

—Anem a pams, Àlex: a mi no se m'ha perdut res a l'estació de trens. El teu joc ja ha anat massa lluny.

—¡Però si tan sols anirem a fer unes fotos!

—No.

—Com si fórem turistes, home.

—No.

—I després anirem a la policia.

—No.

—Gus, tenim una responsabilitat a complir.

—No.

I ja n'anaven quatre, de respostes negatives, tan seques i rotundes com quatre inapel·lables sentències de mort.

—¿Per què no telefones a la policia?

—¿A la policia? ¿I què els dic?: miren, vostés, és que una amiga nostra sospitava que davant de sa casa hi havia un laboratori de drogues...

—A això se li diu «col·laboració ciutadana».

—¡Com si anaren a fer-nos cas!

—Això ja no seria problema nostre.

—¡Però és un cas de drogues, Gus! Com se sol dir, la responsabilitat és de tots.

—Doncs, fes el que cal: vés a una comissaria.

—¡Caram, Gus, això és el que vull, anar a una comissaria!, però amb les fotos de Günter i amb el paquet de càpsules roges que guardem a l'agència.

Cinquena sentència de mort:

—No.

—Ja sé que ahir em salvàreu de Nic *el Dur*. I no puc estar-vos més agraït, però açò és diferent. La Polaroid s'encarregarà de tot. Jo tan sols mouré un dit per enllestir la faena. Ni m'acostaré al Günter, de veritat.

—¡Ha! Ahir tan sols volies fer una ullada al lloc que tu ja saps i no ens van pelar de miracle.

Durant uns segons cap dels dos no va dir res. Fins i tot vaig creure que de sobte apareixeria pel telèfon la veu d'un jutge que diria: «¡causa conclusa per a sentència!», i tot seguit s'escoltaria un colp de martell que sonaria com un dels «¡blams!» de Nic *el Dur*.

—¿Vols dir que no véns?

—No.

—¿Ni m'acompanyes?

—No.

—¿Ni un trosset de camí?

—¡No!

—¡Bé, home, bé! ¡Doncs, ja ens veurem pel setembre! ¿O tampoc?...

—Això depén de si hauràs acabat de jugar o de si algun nou cas t'haurà fet viatjar a Chicago. Però no et preocupes de res, ja justificaré jo les teues faltes d'assistència.

—¡Moltes gràcies!

—No s'ho val.

—¡Hala, vés i corre!

—¡Bah!

I vaig penjar l'auricular de molt mala manera.

—Fins pel setembre, Agustííí —vaig dir.

D'una manotada, vaig agafar la Polaroid.

—I si sóc a Chicago, ¡molt millor! M'apuntaré als cursets d'estiu de l'FBI.

¡Només caldria! ¡Adéu!

Me'n vaig anar a l'estació molt despagat. Però quan vaig arribar a l'objectiu em vaig dir: «¡pit i fora!». Estava disposat a dur el joc fins el final.

Vaig entrar a l'estació. Pels altaveus s'anunciaven les anades i tornades dels trens. El tràfec de viatgers era intens. Quasi totes les vies eren ocupades per trens de rodalies i de llarg recorregut.

Amb els ulls ben desperts, vaig fer una volta per la consigna de maletes i per l'àrea de serveis. Després em vaig deixar caure per les finestretes de venda de bitllets.

L'estació disposava de tres portes d'accés. Però tenir-les totes vigilades al mateix temps era impossible, de manera que em vaig decidir per la porta principal.

Vaig seure en un dels bancs que hi havia a l'ample vestíbul. Des de la meua posició controlava perfectament l'entrada principal i l'accés a les andanes. Tan sols em calia esperar. Si la sort m'acompanyava, tard o d'hora veuria Günter, amb un maletí negre penjat de les mans. Aleshores hauria arribat l'hora de la veritat.

Durant la primera mitja hora d'espera em vaig morir d'avorriment. Els viatgers no s'acabaven mai. Em sentia com en un zoològic ple d'animals solts. El mal és que el goril·la que jo esperava no apareixia per cap banda. (Almenys, jo encara no l'havia vist).

La segona mitja hora va ser pitjor que la primera. Conforme avançava el matí, creixia l'enrenou a l'estació. Tant de viatger començà a posar-me nerviós. Els rostres mai no eren els mateixos. Ningú no em deia res. Ningú no em feia cas. Trens que eixien, trens que entraven...

Les onze i mitja. La Polaroid quasi se m'havia rovellat a les mans. Mai no m'havia sentit tan sol en tota ma vida. ¡Com trobava a faltar Gus! Jugar sol no tenia sentit. Encara més, sense Gus no hi havia joc possible. Però almenys una cosa havia tret en clar: si d'adult estudiava per a detectiu, l'assignatura de vigilància seria un autèntic calvari.

—¿Com va això, detectiu de fira?

La sang se'm va glaçar. Vaig reconéixer aquella veu a l'instant. Venia del banc de darrere. Açò sí que no m'ho esperava...

Després d'empassar-me l'esglai, vaig fer mitja volta. Nic *el Dur* m'esperava al final del viatge.

—Caram, quina sorpresa —li vaig dir—. Nic *el Dur* visita l'estació de trens. ¿És que has canviat els pots i les llandes pels vagons i per les locomotores?

Sense cap pressa, vaig mirar cap a l'àrea de serveis. La Mix Quartet Band furonejava per totes les papereres, per tal d'abastir-se de pots de refrescos.

—Ja veig que no —vaig afegir.

—Ahir vas fer un bon paperot. Ets valent, ¿eh?, dels qui juga a tot o a res.

—Últimament no dispose de massa temps per a jugar.

—No acostumem a venir per ací —va dir Nic, amb cert to de despreocupació—. Els pots de refrescos no són rendibles. Pesen poc.

—És clar, i el teu és un negoci de pes.

—He vingut perquè sentia curiositat. I confesse que no esperava trobar-te ací.

—No confesses molt o la teua gent t'agafarà per un bocafluix.

—¿La meua gent?

—La que tens guardada al calaix del Minnessota. Et troben a faltar. Roc t'espera amb els braços oberts.

—¿Roc?

—No em demanes explicacions. Ja vaig dir-te que les teues amistats em provocaven amnèsia.

—Roc és un busca-raons professional. Li dec diners per unes partides de billar que em va guanyar. Poca cosa.

—Doncs, ell no se n'ha oblidat.

—Ja ho supose... ¿Saps què va fer? Em va dir que em passaria comptes si no li pagava les apostes i tot seguit em pintà el nas amb un dels guixos blaus dels tacs.

¿De què em sonava això?...

—Però no m'agraden les amenaces —continuà Nic.

—¿Li plantares cara?

—No. Tan sols li vaig trencar un tac en el cap. Després li vaig dir que hi tornaria quan tinguera els diners; però crec que no em va escoltar.

De manera que el remenador de cireres dels billars Minnessota, duia un esparadrap al cap per un assumpte d'apostes...

—Bé —féu Nic amb un somriure d'allò més burleta—, ¿i com va el teu cas... de drogues?

Amb el cap, vaig assenyalar cap al meu voltant.

—Com pots comprovar, ha vingut molta gent a l'espectacle, però l'estrella principal encara no ha arribat.

Nic somrigué.

—Tens resposta per a tot, ¿veritat?

—Ahir et vaig dir que hui vindria ací, i ací em tens, ¿no?

—Realment no sé què pensar-ne...

—Aquest cas ja m'ha costat prou car. Pel camí he perdut el millor amic que tenia; el millor amic, el millor soci, el millor company, el millor de tot. Hui estic de dol. M'és igual el que penses.

Nic encreuà els braços.

—Tot allò que em vas dir de Víctor, ¿és cert?

—Del tot. Víctor ja està fart de patir les teues fanfarronades. I no t'ho prengues malament.

—¿De veritat no és tan estrafolari com fa veure?

—Víctor és un xaval normal i corrent. Potser si li donares una oportunitat...

Un xaval normal i corrent, havia dit jo, un xaval normal i corrent com el que ara caminava mig desorientat per l'entrada principal de l'estació, un xaval mig desorientat que duia sabates negres i lluentes, calcetins fins als genolls, camisa cordada fins al front, i uns cabells tan engomats que semblaven a punt de regalimar oli per tots els costats. ¡Ecs!...¿Ecs?

L'ois em va traure de dubtes: ¡era Víctor! El xaval que mirava a dreta i a esquerra, tan empolainat i lluent com un figurí... ¡era Víctor! I, per sort o per desgràcia, estava tan lluny de semblar un xaval normal i corrent...

—Si em disculpes, Nic, tornaré de seguida...

—¿On vas?

—¿Puc confiar en tu?

—Ni jo mateix ho faria.

—Perfecte: sempre m'ha agradat el risc —li vaig dir i tot seguit li vaig llançar la càmera fotogràfica—. Guarda-me-la.

Com una serp, em vaig fer fonedís entre la gent i vaig endur-me Víctor als lavabos més propers.

—¡Ei, Àlex!...

—¿Es pot saber què fas ací?

—He quedat amb Laura. Ella em va dir que hi vindries.

Vam entrar en els lavabos. Crec que Víctor volgué preguntar-me per què el duia allí dins, però no el vaig deixar.

—¿Saps qui és allà fora, al vestíbul?

—No. ¿Qui?

—El teu amic Nic.

—¡Niiic!

—De manera que tanca la boca i deixa'm fer. Si tenim sort, hui matarem dos pardals d'un tir.

—Molt rebé.

En tot just un parell de minuts vaig fer el miracle de disfressar Víctor de xaval amb aspecte més o menys correntós: li vaig trepitjar les sabates; li vaig abaixar els calcetins; vaig descordar-li la camisa un parell de botons i, finalment, li vaig clavar el cap sota una aixeta ben oberta, per tal de traure-li tot l'oli dels cabells. De poc l'ofegue.

—Almenys ja no cridaràs tant l'atenció.

—¿Jo cride l'atenció?

—Home, tan sols et falta dur corbata de llacet. La teua forma de vestir és una miqueta... cursi.

—¿Cursi?

—Coenta, si ho vols més clar. Però, bé, no et poses cavil·lós. Ara ens reunirem amb Nic. No tingues por. Potser farem que canvie definitivament l'opinió que té de tu.

—Molt rebé.

Vam eixir dels lavabos i sense perdre un segon vam tornar al vestíbul.

—Una cosa més: oblida't del teu «molt rebé». No sigues tan primmirat, caram. Relaxa't. Ahir vaig dir a Nic que feies de detectiu per a la nostra agència. De manera que actua, fill, actua.

—Ahir, Laura m'ho va contar tot —digué aleshores Víctor, molt seriós.

—¿Tot?, ¿i què és tot?

—Que no teniu cap agència de detectius, que tot és una martingala teua. M'ho va contar quan tornàvem a casa. També em va parlar del laboratori de drogues, de Günter i de les fotografies que li volies fer abans d'anar a la policia.

—¿I què?

—Tan sols volia que saberes que estic al corrent de tot. No sóc massa espavilat per a certes coses, però ahir t'hi jugares la pell per mi, i això demostra que volies ajudar-me de veritat; i que també volies ajudar Laura, és clar. Per això vam quedar que vindríem. No volíem deixar-vos sols. Ara que hi pense, ¿on és Gus?

Açò sí que tenia gràcia. El meu soci feia efectiva la seua dimissió i la clientela s'apuntava a la festa.

—Gus ha dimitit.

—¿Com?

—Ha dimitit. No ha vingut, ni vindrà.

—¿I pensaves aconseguir les proves de Laura tu a soles?

—¡Quin remei!

—Doncs, sort que hem vingut...

«Sí —vaig pensar—, hem vingut tots, tret de qui havia de venir».

12

Amb la soga al coll

En arribar al vestíbul, ens vam dur una inesperada sorpresa. En la nostra absència, Laura havia arribat a l'estació i s'havia trobat amb Nic. Tots dos xarraven amb tota la tranquil·litat, tan amics. ¡Quin embolic! Hui no entenia res de res.

—Hola, Laura —la vaig saludar, mentre parava la mà a Nic.

Nic m'allargà la càmera.

—¿On és Gus? —preguntà Laura.

—No ha volgut venir.

Laura no semblà empassar-se la resposta. Tampoc no semblà empassar-se el nou aspecte de Víctor.

Però no va dir res. Simplement em mirà i somrigué.

—¿Com anem, Víctor? —va dir Nic.

Víctor s'escurà la gola abans de posar-se a actuar.

—De saber que venies m'hauria agafat el dia lliure. Et tinc massa vist.

Fins i tot jo em vaig sorprendre pels dots teatrals de Víctor.

—Günter deu estar per caure —observà Laura.

—¿I com ho saps? —vaig dir—. Jo estic ací des de les deu. Quasi em faig vell.

—Et vaig dir que sempre venia cap al migdia.

—¿Günter és el suposat narcotraficant? —preguntà Nic, sense acabar encara de creure's res.

—Et penses que tot açò és una broma, ¿veritat? —li va dir Laura.

—Sí, crec que tot açò és una broma. No sé què feu ací i no m'explique com tinguéreu la barra de venir a desafiar-me. Ahir tots érem amb les espases en alt i hui xarrem com si no haguera passat res. Ara... ni tan sols sé per què he vingut, caram.

De sobte, Laura va donar la veu d'alarma.

—¡Prou! Günter acaba d'arribar-hi.

Efectivament, Günter, més sorrut que mai, hi passava a uns vint metres de nosaltres. Anava enfilat com un coet. ¡Buf!, quasi no em podia creure que vint-i-quatre hores abans haguérem estat a tir d'aquell animalot. No cal dir que vestia una jaqueta ben cordada i que de la seua mà dreta penjava un maletí negre, el contingut del qual deuria pesar tant com un bon grapat d'anys de presó.

—¿Qui és?, ¿qui és? —preguntava Víctor, sense saber a qui mirar.

—Vinga, Àlex, trau fum de la Polaroid —em va dir Laura.

Günter s'allunyava de pressa, però hi havia massa gent per a traure una bona fotografia. De manera que...

—¡Encalcem-lo!

... saltàrem bancs, equipatges, viatgers i tot allò que se'ns posava per davant.

—¡No el perdes de vista!

No ho feia. Tenia el tos de Günter enfonsat en les retines. Però no podia fer-li cap fotografia en aquestes condicions, tret que escampara el núvol de gent que hi havia entre ell i nosaltres; i en dir «nosaltres» parle també de Nic *el Dur,* per molt estrany que semble.

—¡Vinga, vinga! —insistia Laura.

¡Ep! Günter trencà de sobte per una andana buida. Podria fer-li una fotografia perfecta, encara que d'esquena, si aconseguia eixir de la molla de viatgers que ens envoltava.

—¡Ara, Àlex, ara! ¡Afanya't!

Com un llamp, em vaig llançar de genolls a terra i vaig apuntar a Günter amb la càmera. Quasi al mateix temps, vaig prémer l'interruptor. La Polaroid escopí la primera fotografia de forma automàtica. Però em vaig ensumar que alguna cosa havia fallat, perquè quan em vaig traure la càmera dels ulls Günter havia desaparegut de l'andana.

—¿On s'ha ficat?

—Ha pujat al tren —digué Laura.

Es tractava d'un tren de llarg recorregut al qual ningú no semblava fer cas. Totes les finestretes tenien les cortines abaixades i la majoria de les portes dels vagons eren tancades. No es veia ni un gat al seu voltant.

Impacients, vam esperar que la imatge de la fotografia emergira del no-res. Els quatre féiem rogle per comprovar-ne el resultat.

Quasi deixàrem de respirar a mesura que la imatge es tornava nítida.

Laura va ser la primera a veure-ho clar.

—¡Un peu, Àlex!, ¡li has fotografiat un peu!

Havia fotografiat Günter tot just quan entrava en el tren. La foto ens donava la imatge empetitida d'una sabata, d'un tros de calcetí i de mig camal dels pantalons. Una de dos: o Günter es dedicava a batre rècords de velocitat a l'hora d'entrar en els trens o la Polaroid era d'efectes retardats.

—És igual, és igual —vaig dir, mentre em ventava la xafogor de les galtes amb la fotografia.

¡Quin ridícul! Gus de segur que hauria dit: «¡ha!, ¡un peu!».

—Ni que ho hagueres fet a posta.

—Tranquil·la, dona, quan Günter abandone el tren li'n faré una altra.

—Però aleshores ja no durà el maletí.

—Ostres... És veritat...

I sense maletí la prova fotogràfica perdia tota la gràcia.

El fantasma de Gus m'amenaçava de nou: «¡però si tan sols anirem a fer unes fotos!; com si fórem turistes, home; tan sols mouré un dit per enllestir la faena; ¡ha!, i has fotografiat un peu...».

—Molt bé —vaig dir—, ha estat un plaer conéixervos. Si no n'isc viu, tireu-me flors a la tomba.

—¿On vas?

«A salvar la meua reputació», em vaig dir.

—Tindràs la teua fotografia, Laura: fotografiaré el lliurament del maletí negre. I ara no fallaré.

—T'hi acompanye —digué ella.

Gus ho hauria suggerit, això, però pronunciades per Laura aquestes paraules sonaven massa decidides.

—¡De cap manera! —em vaig oposar.

Però l'única cosa que vaig aconseguir, va ser guanyar-me un carxot entre cap i coll.

Víctor i Nic es van quedar plantats a l'andana. Tan sols els va faltar dir-nos adéu amb un mocador.

Vam pujar al tren per la mateixa porta que havia fet servir Günter. De seguida vam llegir rètols informatius. Ens trobàvem en un vagó de segona classe. No hi havia ningú. De puntetes, vam canviar de vagó.

Quan entràrem en el següent vam topar amb un estret corredor, tot ple de portes tancades. No s'hi escoltava res, de manera que decidírem obrir-ne algunes. Tan sols calia traure els pestells que les blo-quejaven.

—¡Lliteres! —em vaig sorprendre.

Ens trobàvem en el vagó de les lliteres. N'hi havia quatre en cada compartiment. No eren molt grans. Res no era molt gran allí dins; ni tan sols els coixins.

El tercer vagó, en el qual vam entrar, ens va fer extremar les precaucions. De sobte vam escoltar veus. Ens vam amagar a la plataforma i vam traure el nas per la porta mig oberta. Al fons del vagó, per dalt de les butaques, es veien els terrats de dos caps. Un d'ells era el de Günter.

—Tinc un pla —vaig xiuxiuejar a Laura—. Els faré la foto i et llançaré la càmera. Quan l'agafes, arranca a córrer i no mires enrere.

—¿I tu què faràs?

—Jo també arrancaré a córrer, però tu ens duràs avantatge a tots.

Pla engegat.

Em vaig esmunyir entre les butaques. La conversa de Günter i del seu còmplice no tardà a arribar-me a les orelles amb tota claredat. Parlaven de diners, de molts diners, de tants que les xifres no em cabrien a la boca.

No m'ho vaig pensar més. D'un salt em vaig llançar a l'atac i vaig parapetar-me contra el racó del vagó. El maletí negre era obert a sobre de les cames de Günter. Era tot ple de paquets de píndoles. La parella de malfactors tardà uns dos o tres segons a reaccionar...

Tot va ser molt ràpid. De fet, no em va costar gens fer la fotografia.

—¡Compte, Laura!

Vaig llançar-li la càmera amb el millor estil de jugador de rugbi professional. Laura es preparà per a empomar-la. El llançament es mereixia una recepció perfecta. A mitjan vol, la Polaroid ja quasi havia escopit per complet la prova que pensàvem dur a la policia. Però Laura mai no arribà a empomar la càmera. La càmera, sota els efectes d'un tir precís, esclafí en l'aire i va caure feta miques entre les butaques, mentre la fotografia revolava per la foscor com un full de paper.

—¡Quiets! —ens ordenà Günter.

Qualsevol no li feia cas. Ens tenia encanonats amb la pistola. I sort que no es decidia a prémer de nou el gallet.

—¿Qui són aquests? —preguntà l'altre.

Ara podia veure'l perfectament. El col·lega de Günter no era molt gran. Tenia cara de buldog. Per a mi, qualsevol que tinguera les galtes repenjades de les barres dels queixals tenia cara de buldog. Aquest en concret també anava molt ben vestit i en un dels dits abotifarrats de la mà dreta lluïa un anell daurat, que podria donar de menjar a una bona caterva de xicalla del tercer món.

—Vigileu les decisions precipitades —vaig dir-los, als nostres amfitrions—. Si ens toqueu un pèl us caurà al damunt tot el codi penal, i amb tapes i tot. Si aguaiteu per les finestretes captareu el missatge.

El buldog ho va fer sense a penes fregar la cortina.

—No veig res estrany —va dir.

—Ehem, això serà que ha aguaitat vosté per la finestreta equivocada...

Günter em va reconéixer de seguida. Sense deixar d'encanonar Laura, m'agafà de la samarreta i em posà de puntetes. Ja era la segona vegada que m'ho feia, això.

El buldog s'afanyà a plegar la fotografia. La trobà de seguida, entre les butaques. Però la fotografia mancava de valor. Havia eixit velada, negra com el carbó, supose que per una falta de llum, en la qual no vaig pensar.

¡Quin desastre!

Günter ens va tancar en un dels compartiments de les lliteres.

—¿Què pensa fer amb nosaltres? —li preguntà Laura.

I Günter va dir:

—Qui juga amb foc acaba cremant-se, i vosaltres dos ja esteu mig rostits.

I tot seguit ens va deixar empresonats.

Abans de dir-nos res, Laura i jo provàrem d'obrir la porta, sense resultats, és clar.

—¡La finestreta!

Però la finestreta no ens valdria de res. La finestreta era ben tancada i el seu pestell, potser per evitar baralles de ventilació entre els viatgers, estava inutilitzat. A més, a la banda de fora hi havia una reixa de protecció, de manera que pensar de trencar el vidre tampoc no semblava massa bona idea.

—¿I ara què? —digué Laura.

—Ara supose que Günter i l'altre fugiran i que no els tornarem a veure el pèl mai més. Tard o d'hora algun empleat ferroviari ens alliberarà, ja ho veuràs.

Uns inesperats sorolls ens feren pegar l'orella a la porta. De seguida vam escoltar crits, malediccions, ¡i un parell de tirs!... ¡Víctor!, vaig reconéixer la veu de Víctor. Tot seguit s'hi escoltà un colp sec i un rabiós plany de dolor. ¡Pobre de Víctor! ¡L'estaven pelant! I ell era innocent de tot, ell no havia fet res. ¿Però què redimonis feia en el maleït tren?

—¡Víctor! ¡Víctor! ¡Per l'amor de Déu, no li feu res!

Fins i tot em suaven les ungles. Laura feia colps de puny a la porta, mentre jo li clavava puntades de peu i fet una fúria intentava obrir-la.

—¡Günter, cos callós, deixa Víctor en pau!

—¡Obriu!

—¿No us cau la cara de vergonya? ¡No deixaré canya dreta fins que no us engarjolen per sempre!

—¡Obriu d'una!

—¡Et faré llaurar dret, Günter! ¡A la presó et serviran quetxup enverinat!

La porta s'obrí violentament. D'una espenta, Víctor i Nic *el Dur* aterraren dins del compartiment. Günter tornà a barrar la porta amb el pestell.

—¡Víctor!

—¡Nic!

Víctor es trobava perfectament, però Nic lluïa un bony en tot el front.

—Ha intentat desarmar Günter —explicà Víctor.

—¿Però què feu ací?

—Vosaltres no eixíeu, i quan hem escoltat una espècie de tir hem decidit pujar-hi.

—No era una espècie de tir: era un tir. Günter s'ha carregat la càmera. La seua pistola deu tenir el calibre d'un canó.

Nic s'estirà en una llitera. No es queixava, però tampoc no feia cara d'estar molt catòlic.

—Günter l'ha sucat amb la pistola. Jo no he pogut fer res. El que anava amb ell em tenia encanonat. De tant que he enlairat les mans, fins i tot se me n'ha eixit la camisa dels pantalons.

—De manera que el buldog també va armat... —vaig murmurar.

Laura ocupà una altra llitera.

—Ens pensàvem que havies vingut tu a soles i que t'estaven pelant.

Víctor va dir:

—Supose que els amics de Nic faran alguna cosa per ajudar-nos. Abans de venir els hem posats al corrent de tot.

—¿A la Mix Quartet? —em vaig sorprendre—. No em digues que la nostra salvació depén d'ells. ¡Però si no saben on tenen la mà dreta!

—Els meus col·legues vindran —digué Nic.

i Víctor afegí:

—I millor serà que s'afanyen, perquè Günter i l'altre no es posaven d'acord en si ens liquidaven o no.

Un nou aldarull ens feu callar, a tots. No molt lluny del nostre compartiment algú treia foc pels queixals. De seguida vam escoltar més passos i més malediccions abans que la porta s'obrira d'una batzegada.

—¡Mare de Déu! —em vaig fer creus—. ¡N'hi ha per a llogar-hi cadires!

Tret de Mix 2, la resta del grup entrà a ensopegades en la festa. Ja n'érem set, en el cau.

—Açò ja s'assembla a una guarderia —em vaig queixar.

I ara ve la pitjor part. ¿Recordeu la parella de químics? D'on van eixir, no ho sabia encara, però allí eren, empastifats de cap a peus gràcies als pots de pintura de Mix 1, de Mix 3 i de Mix 4. ¡Quins espantalls! El rètol de coloraines de l'agència ni de bon tros era tan perillós per a la vista.

Els dos químics també anaven armats. Però ni les pistoles s'havien lliurat de la pintura. I, la veritat, veure's amenaçat per una pistola verdeta, o d'un groc enrogit, feia pensar com a molt en bales de confeti.

—¡És ell, Günter! —saltà un dels espantalls quan em va veure—. És el mateix brivall que ahir...

—Ja ho sé —digué Günter.

—¡Liquidem-lo! ¡Liquidem-lo!

—¡Liquidem-los, a tots!

El buldog també tenia coses a dir.

—No hi ha tracte, Günter. Aquesta vegada, no. No m'hi vull embolicar. Ja ens veurem, adéu.

Günter aturà el buldog amb la punta de la pistola.

—Clourem el tracte ara mateix.

—¿Però d'on us heu tret aquesta colla de bandarres? Primer n'eren dos, després quatre. Ara en són set. Potser hi ha tot un col·legi fent cua allà fora. A més, ens han vist, ens poden identificar...

—No —digué l'espantall que ens volia liquidar als set—, ells seran els que hauran de ser identificats... al depòsit. Si tu no ho vols fer, Günter, ho farem nosaltres.

Günter no va fer cap comentari. En lloc de dir res, tancà la porta amb el seu estil particular.

—¡Nic! —van fer alhora els Mix—. ¡Estàs ferit!

I Nic els va dir:

—Brrr... Us heu deixat enxampar, colla d'inútils.

—Els hem atacats amb els pots de pintura...

—Però ens han agafat per sorpresa...

—Esperaven en un cotxe, fora de l'estació. Ho ha dit un d'ells. Han vingut quan nosaltres ja érem dalt.

—Ens han enxampat a traïció...

—Això mateix, a traïció.

—¿On és Mix? —preguntà Nic.

(Lògicament, Nic es referia a Mix 2).

—S'ha quedat amb la mercaderia que havíem recollit de les papereres. Però li hem dit que si tardàvem a tornar, que demanara ajuda.

Durant un angoixós quart d'hora vam idear mil i un plans d'evasió. Però no va reeixir-ne cap. Les presons de màxima seguretat eren cosa de riure, al costat d'aquesta llanda de sardines en la qual ens trobàvem.

Finalment, Laura va fer un salt a una de les lliteres superiors i va dir:

—Doncs, millor serà que pensem en alguna cosa de profit. Les pluges de bales no són bones per a la salut.

—En el moment que Günter i el buldog tanquen el seu tracte, nosaltres serem el següent punt de l'ordre del dia.

—No s'ho pensaran gens.

—Sort tindrem si no ens fan marcar el pas cap al patíbul.

—No ens duran a cap patíbul: obriran la porta i...

—Però, ¿com podeu estar tan tranquils? —sanglotà Mix 4—. ¡Demà ja no hi serem, en aquest món! ¿Per què ens hem clavat en aquest cau de llops?

Els tres Mix van mirar Nic tot pregant per una resposta.

De nou s'hi van escoltar passos, uns passos precipitats que passaren de llarg per davant del compartiment. Vaig pensar que es tractaria del buldog, que tocava el dos com un esperitat després d'haver tancat ves a saber quin tipus de tracte amb Günter.

Més passos. Aquests s'hi van acostar a poc a poc.

—Ja hi vénen —va dir Laura.

El soroll emmudí davant de la porta. Es van escoltar ric-racs de pistoles automàtiques. Era com patir un malson. Per un moment, vaig pensar que els tirs em despertarien en el llit, ben amerat de suor. Tan sols hi havia un problema: jo no dormia, però si no posàvem remei, no tardaríem a fer-ho tots, i per sempre.

—Ens veurem al depòsit —vaig dir—, però si no em voleu dirigir la paraula... ho entendré.

Llàgrimes com a cigrons començaren a anegar-me els ulls mentre la porta encara romania tancada. El meu joc ja no podria anar més lluny.

13
Tempesta de plom

Víctor va ser el primer a reaccionar. En escoltar com obrien el pestell saltà com un gat contra la porta i clavà un peu contra el mànec per tal de mantenir-la tancada.

—¡Ajudeu-me, ja l'obrin!

Tots esdevinguérem gats i ens amuntegàrem contra la porta. Mantenir-la ben tancada era la nostra única possibilitat de salvació. Jo volia fer més força que ningú. Era el responsable de tot l'embolic i el sentiment de culpabilitat m'empenyia a ensenyar les dents en primera línia de foc.

El mal és que, ¡buf!, calia fer més força que un bou. Günter feia estirades salvatges.

—¡Obri, Günter, obri! —escridassaven els espantalls.

—¡Han bloquejat la porta per dins!

Nic saltà de la llitera, li féu un colp de puny a la finestreta (¡i quin colp de puny!) i de seguida vingué a ajudar-nos.

—Demaneu auxili. Jo m'encarregaré de la porta.

—¿Podràs tot sol?

—Brrr... ¡Demaneu auxili!

Per la finestreta no es veia una ànima, però així i tot començàrem a fer crits a través de la reixa i del vidre trencat.

—No es veu ningú.

—¿On s'ha ficat tota la gent?

Aleshores va ser quan, ¡bufff!, s'armà l'aldarull.

—¡Mans enlaire! —ordenà una veu, no sé ben bé des de quin punt del vagó.

Tot d'una, Günter i els espantalls van obrir foc a discreció. La porta del compartiment quasi tremolava de les detonacions.

—¡Fugiu! —cridà Günter.

Però el foc de les pistoles encara no s'havia acabat. El soroll de les pistoles fugia vagó amunt. Per l'esquerra sonaven més tirs, també de pistola. L'intercanvi de plom esdevingué constant i aferrissat. S'escoltaven esclafir vidres i rebotar bales... L'estret corredor del vagó duia camí de convertir-se en un cementeri de bales perdudes.

En cosa de segons, l'andana que teníem a la vista s'omplí d'homes i de dones de cap a cap. Semblaven brollar de les vies. Vestien sense cap uniformitat, i tots i totes anaven armats fins a les dents. Duien pistoleres sota les aixelles, transmissors i manilles als cinturons, i encanonaven les finestretes i les portes del tren, preparats per a obrir foc en qualsevol moment.

—¡Són policies! —vaig informar a Nic, ja que ell seguia aferrat a la porta.

—¿Vols dir?

—Sens dubte, tots porten manilles...

—¡Ei!, ¿veniu a salvar-nos? —els va preguntar Víctor.

Cap resposta.

—¿Cap rastre de Mix?

(Nic es referia al Mix que s'havia quedat fora, és clar).

—L'estaran interrogant —vaig dir—. Ningú no pot donar peu a un desplegament policíac com aquest, i eixir-se'n amb les mans netes.

Després d'un curt silenci, s'escoltà tot un seguit de corregudes que passaven de llarg pel corredor. Els tirs tornaren a sonar, però més llunyans ara. En lloc d'un tiroteig salvatge, l'intercanvi de bales era més moderat. Ara dispares tu, ara dispare jo; doncs, ara jo dispare dues vegades; doncs, ara em toca a mi. La brega sonava més o menys així.

—Ja em pensava que no ho contàvem —vaig dir, després d'eixugar-me la suor del front. (De passada, vaig traure'm també els cigrons dels ulls).

—Hem tingut molta sort —va dir Laura—, més de la que ens mereixíem.

—¿Què vols dir?

—Fa vint minuts érem carn de canó, i ara un inesperat equip d'assalt ha aparegut del no-res per salvar-nos la pell.

Mix 4 semblà ofés.

—Us havíem dit que el nostre col·lega demanaria ajuda si...

Uns sobtats trucs a la porta ens van tallar la respiració.

—¡Vinga, els de dins!, ¡obriu!

Nic no va moure un dit. Amb els ulls em va demanar opinió.

—¿Qui és? —vaig preguntar.

—Sóc el comissari Andreu. Vinga, obriu la porta.

—Que alce el braç qui n'estiga a favor —vaig suggerir.

I la suggerència em va valdre el segon carxot del dia. Laura semblava tenir la mà molt llarga per a segons quines coses.

—Obri, Nic —li va dir.

Nic obrí.

Un home begut de galtes, prim i amb aspecte de no haver-se canviat de roba durant dies, es trobava plantat al corredor. Després de fer-nos una ullada general, se'm va quedar mirant.

—Tu deus ser Àlex, ¿no?

—En efecte, sóc el famós detectiu. ¿Vol un autògraf?

—¡Ha!, ¡un autògraf! ¿Ho veu?, no hi ha qui el pare. No té ni gota de vergonya.

Aquella veu em va omplir les orelles de música celestial. Com un llamp, vaig traure el cap del compartiment.

—¡¡¡Gus!!!

Gus es trobava recolzat al costat de la porta, mà sobre mà i amb una cama damunt l'altra. De sobte em va semblar que sempre havia estat allí.

—¿Què? —em va dir—, a fer unes fotos, ¿eh?

No tenia paraules per a expressar les ganes que m'entraren de llançar-me als braços de Gus i de fer-li festes.

—¡Gus, has vingut!

—No, fes compte que jo no he vingut. Qui ha vingut és el comissari i el seu exèrcit. Jo tan sols els acompanye, però res més.

—És clar, és clar...

—Vinga, fora del tren —ordenà el comissari.

D'un en un, tots vam eixir del compartiment. Quan Laura passà pel costat de Gus, li va dir:

—¿Saps?, tenies raó. Sort que Àlex sap triar els seus amics. Segurament serà l'única cosa que farà com cal en tota sa vida.

Gus li preguntà:

—¿Com li han eixit les fotos que volia fer?

D'una de les butxaques dels texans, Laura es va traure la foto del peu de Gunter.

—¡Ha! —féu Gus de manera implacable—, ¡un peu! ¡Àlex, has fotografiat un peu!... ¿I açò és tot?

—Ha estat per culpa de la càmera —vaig dir.

—¡Sí, ja!, ¡la càmera! ¡Ai, que bo! Tant de romanç per la foto d'un peu...

Gus esdevingué un sac de rialles,...

—Anirem a fer unes fotos; com si fórem turistes...

... un sac de rialles inesgotable.

Per fi, vam eixir del tren. Ens envoltava un ample cordó policíac, a l'altra banda del qual la gent s'amuntegava per ficar el nas en tot aquest teatre. Els agents que havien assaltat el tren encerclaven l'últim vagó. Günter i els dos espantalls s'hi havien fet forts.

—Però tard o d'hora es donaran per vençuts —ens va dir el comissari, mentre l'acompanyàvem a un furgó de la policia.

Mix 2, acompanyat per un altre agent (uniformat de cap a peus), ens esperava a la porta del furgó. Quan ens va veure no pogué aguantar-se un salt d'alegria.

—Ja li podeu estar agraïts —ens va dir el comissari—. Sense la seua informació potser hauríem fet tard.

Gus i Mix 2 van picar de mans. Per uns moments, vaig desitjar ser jo qui celebrara la victòria amb Gus. Però no tenia cap dret.

El comissari obrí la porta del furgó. El buldog que havia fet tractes amb Günter era dins, ben emmanillat en un barrot de ferro. Al costat de la porta es trobava el maletí negre.

El comissari l'obrí. Un dels paquets de píndoles estava esquinçat.

—Tenies raó —em va dir—. És droga.

—¡Ho sabia! ¿Ho veus, Gus? Jo tenia raó.

Supose que, a pesar de tot, Gus no va tenir ganes de recordar-me la picabaralla que el dia d'abans m'havia fet somiar amb aspirines en pols.

—Ara mateix uns altres agents escorcollen allò que anomenàveu «el laboratori»...

El comissari també ens va dir que el buldog s'encarregava de comprar les píndoles i de posar-les en circulació al carrer. A les comissaries no era precisament un desconegut.

—Pel que fa a Günter, és un expert en aquesta classe de negocis. Té fama de no deixar mai tractes a mitges.

—¿I què sap de la xicona?

—Encara res. Potser les empremtes digitals ens aclariran alguna cosa. Però no cal alarmar-se. Tant si l'agafem com si no, ella no sembla una peça important de la banda.

—Cal tenir barra —digué Víctor—. Mira que fer negocis bruts en un tren, envoltats de tanta gent...

—¿Sap alguna cosa dels altres dos?

Laura es referia a la parella de químics.

—Segons m'ha dit Agustí, deuen ser els que aconseguien la droga i enllestien les píndoles. Un bon interrogatori ens traurà de dubtes.

—Això serà si els enxampen primer —va dir Nic.

El comissari somrigué.

—Ja ho estan. Tot és qüestió de munició i de paciència.

A continuació, va tancar el maletí i li l'allargà a l'agent uniformat.

—Encarregue-se'n —li va dir.

Tan sols restava un detall pendent: el paquet de càpsules roges que guardàvem a l'agència. El comissari em va dir que el volia i que el volia «ara mateix», de manera que vam pujar en dos cotxes patrulla i ens vam posar de camí.

Aquest joc ja no el dirigia jo.

14
Visita oficial

Supose que a hores d'ara ja us deveu haver fet una idea dels fets, però, per si de cas encara hi ha algú que no acaba de lligar-ne els caps, allà va l'explicació que el meu soci em va donar mentre ens dirigíem a l'agència.

Gus i jo vam trencar palletes cap a les nou i mitja del matí. Gus se'n tornà al llit, però la meua telefonada ja no el va deixar en pau. Molt en el fons, sabia que deixar-me solt per l'estació de trens no podria dur res de bo.

De manera que Gus saltà del llit, s'endreçà per eixir al carrer i se n'anà a la comissaria més propera.

Demanà pel comissari o per qualsevol que hi fera el paper. Li van fer cas uns vint minuts més tard. Finalment, el van dur al despatx del comissari Andreu.

Gus buidà el pap fins quasi perdre l'alé. A poc a poc va posar el comissari al corrent de la situació. Va traure informació de tots els capítols que heu llegit. Per sort, encara duia en una butxaca les tres mitges càpsules de color groc que Víctor trobà al laboratori dels malfactors. Si feu memòria, recordareu que Víctor les posà en la seua mà i que després, entre unes coses i d'altres, ens vam oblidar d'elles per complet. Ni tan sols Gus recordava haver-se-les guardades. Però el cas és que les duia al damunt i que les plantà a la taula del comissari.

El comissari Andreu es remugà la història una curta estona i, a la fi, s'armà del telèfon. I segons va dir Gus, hagué de mobilitzar la meitat del cos de policia.

Durant quasi una hora va preparar amb altres agents una operació antidroga, a la qual li va donar un deu per cent de probabilitats d'èxit. Mentrestant, un altre agent va dur Gus davant la pantalla d'un ordinador, a mirar fotografies de delinqüents. Després d'un bon grapat de fitxes policíaques, Gus va reconéixer Günter.

Després d'això, l'operació es va posar en marxa. El mal és que, quan la policia va arribar a l'estació, nosaltres set ja estàvem amb l'aigua al coll. Per sort, Gus va reconéixer Mix 2 i aquest va donar la nostra posició amb tots els pèls i senyals.

Sempre sense alçar sospites, els agents van acordonar el tren amb una bona distància de seguretat.

Quan el buldog tocà el dos del tren, el van enxampar a l'acte. Ni mut pogué dir. Els encarregats de fer l'assalt van entrar en acció quan ens van escoltar demanar auxili per la finestreta que va trencar Nic *el Dur*...

La resta de la història ja la coneixeu, de manera que me'n torne al temps actual.

Quan vam arribar a l'agència, vaig traure el paquet de càpsules roges que guardàvem al primer calaix de la taula i el vaig posar en mans del comissari Andreu.

El comissari semblà satisfet per haver confiat en Gus.

Tot seguit va dir a Laura:

—Llàstima que no tingues edat per a formar part del cos. Sembla que tens bon ull per a destriar els corcs de l'arròs.

—Gràcies —digué ella, sense mostrar-se massa contenta per tot el que havia passat.

—De tota manera —continuà el comissari—, si trobes un altre niu de corcs, vés amb compte. Aquestes coses quasi sempre tenen el costum d'acabar malament.

Laura assentí en silenci.

El comissari anà darrere de la taula i mirà dins del calaix obert. La curiositat li va fer apartar els meus retoladors escurats. El rètol mig plegat de l'agència el va fer somriure. I el globus terraqüi, que va fer giravoltar amb un lleu frec de la mà, també.

El contestador automàtic no li va passar per alt.

L'indicador de nous missatges enregistrats era apagat. Així i tot, el comissari rebobinà la cinta a penes unes voltes i engegà el *PLAY.*

La veu de Laura s'escoltà de seguida per l'altaveu:

«... a la policia, però crec que si vaig amb les mans buides em faran el mateix cas que a un gos... ¡Ostres, ma mare! Adé...».

El comissari féu un gest de desacord i va prémer la tecla de l'*STOP.* Sense donar explicacions, va traure la casset i se la va guardar en una butxaca.

Laura, Víctor, Nic *el Dur,* els quatre elements de la Mix Quartet i jo mateix el miràvem en silenci. ¡Buf!, el nostre silenci sonava com el dels condemnats que no tenen res a dir en la seua defensa.

—Bé —digué per fi el comissari—, dilluns us vull a comissaria. Agustí sap de quina es tracta. Vull conéixer els detalls de tot l'embolic... Els noticiaris parlaran del que ha passat a l'estació, però us mantindré al marge de tot. Hi ha periodistes que no tenen miraments i estic segur que us amargarien l'estiu. Sé que això no és del tot just, però és el millor que podem fer. Si vosaltres guardeu el secret, nosaltres també ho farem. A més, no crec que els vostres pares miraren tot açò amb molts bons ulls.

—No crec, no crec —digué Víctor, mentre negava alhora amb el cap.

El comissari passà pel costat de Nic *el Dur* i li va fer un amistós colpet al braç.

—Bons músculs... I bones botes...

Tot seguit, s'aturà al costat de Víctor.

—¿Les dus per algun motiu especial?

Nic mirà Víctor uns segons. Per descomptat, ara no li faltaven motius per canviar l'opinió que tenia sobre ell.

—Són les meues botes i m'agraden —digué Nic—. Això és tot.

El comissari es donà per pagat amb la resposta. ¡I ara em tocava a mi!

—Bé, ¿i què et puc dir, a tu?

La pregunta m'obligà a escurar-me la gola.

—Tranquil, comissari, els meus amics s'encarregaran d'estirar-me les orelles.

—Així ho espere.

—Pot estar-ne segur: ja sóc història.

—De tota manera —continuà el comissari, mentre enfilava la porta i l'obria—, em deus un autògraf. Fins dilluns...

—Adéu, comissari —l'acomiadà Gus—. I gràcies per tot.

La porta es va tancar i ens vam quedar sols, els nou, mirant-nos els uns als altres i sense saber qui de tots trencaria el silenci.

Ho vaig fer jo.

—Crec que per hui ja hem fet prou de mal —vaig deixar caure.

Mitja hora després, quan vaig arribar a casa, a dinar, ma mare em va preguntar per què duia les orelles tan roges. Però ja se sap que les mares, de vegades, fan preguntes i comentaris que no esperen resposta.

15
Joc tancat

—¿Saps una cosa, Gus?

—Sóc de vacances, Àlex. No vull saber res de res.

—¡Buf!, açò és un infern. Em pica tot.

—¿Per què no t'has volgut posar crema solar? —em digué Laura.

—No m'agrada la crema solar, no m'agrada el sol, no m'agrada l'arena i la mar em fa molt mala espina... Fins i tot les peixeres buides em fan mirar de reüll.

—Una vegada vaig tenir una peixera; i un peix —comentà Víctor.

—¿Què va ser d'ell?

—Morí ofegat.

—Els peixos no s'ofeguen, Víctor.

—Aleshores el meu va fer-se el mort durant massa temps...

La platja començava a omplir-se de gent. Hi havia bandera verda. Havíem estés les tovalloles molt a prop de l'aigua. Les ones rompien a pocs metres dels nostres peus. Sense poder evitar-ho, veia piranyes en cada grumoll d'escuma blanca.

—Llàstima que Nic *el Dur* no haja vingut —vaig dir—. Les seues botes em vindrien de primera a l'hora d'entrar a l'aigua.

—Ahir el vaig veure —digué Víctor—. ¿Sabíeu que m'ha demanat consell?

—¿Consell? ¿I quina classe de consell?

—Vol que m'ocupe de la part econòmica del seu negoci, per obtenir més guanys. Em va dir que jo sabia de números i que sabria posar un bon preu de venda a la seua mercaderia.

Jo havia jugat a detectius, però no calia dubtar que a Víctor li tirava allò de fer d'assessor financer.

—¿Aleshores heu fet les paus definitivament?

—Sembla que sí. Almenys, ahir ja no em va grunyir quan em va veure. La vostra intervenció ha estat oli en un cresol, de veritat. Això, i el colp que Günter li va fer amb la pistola, sembla que li han adreçat el seny una miqueta.

—Les meues amigues no s'ho creuran quan els ho conte —digué Laura.

—Ah, ¿però tu tens amigues?

—Naturalment, ¿què pensaves?

—No res, dona, però com sempre venies tota sola...

—Això és perquè totes estiuegem fora. Enguany, sóc l'última a anar-me'n. Sort que el comissari Andreu ens ha deixat al marge de tot, que sinó...

—¿Véreu, ahir, les notícies?

—¡Buf!: «Operació antidroga a l'estació de trens». ¡I pensar que nosaltres n'érem a la rebotiga!

—Finalment, Günter i els altres dos es van entregar.

—Sí, i el comissari es penjà totes les medalles que va voler: que si una magnífica actuació de la policia; que si una operació planejada durant mesos... ¡Quina barra!

—Si demà anem a donar-li tots els detalls del cas, li diré quatre coses ben dites. De moment ja s'ha quedat sense autògraf.

—¡Bah!, deixa-ho córrer —em digué Gus—. És diumenge. Fa un dia magnífic. Gaudeix de les vacances, home.

—Acabaré com un pollastre rostit. Jo no sé què trobeu en açò de prendre el sol. Ara, cara amunt; ara, cara avall, com si fórem xulles...

—Ho fem per colrar la pell, Àlex.

—La veritat, no sé per què he vingut.

—Ho vas prometre —em recordà Gus.

I era cert. L'agència de detectius Àlex i Cia. havia passat a la història amb tots els honors i amb tots els seus membres sans i estalvis. Tenia un deute amb Gus. Gràcies a ell era una tovallola el que tenia a l'esquena, i no una de les taules d'acer de l'Institut Anatòmic Forense. ¡Buf!, ¡i tant que tenia un deute amb Gus!

De fet, tenia un deute amb tots ja que, d'una manera o d'una altra, tots s'havien jugat la pell per mi quan les coses començaren a complicar-se. M'esperaven molts *dies magnífics* com aquest. I sort que estaria viu per queixar-me'n. Ara més que mai, era jo qui havia d'abaixar veles.

—Em pregunte si algú més haurà telefonat per encarregar-nos un altre cas —vaig dir, mentre em rascava, frenètic, els genolls.

—Això no ho sabrem mai —digué Gus, amb somriure de satisfacció.

—Home, el comissari va endur-se la cinta del contestador, però si en posàrem una altra...

—Àlex, que et conec...

—Jo tinc cintes a casa. Ni que fóra per curiositat, ¿no t'agradaria?...

—No.

—¿I si algú telefonara per algun cas de vida o mort?

—¿Com vaig fer jo? —digué Víctor.

—Exacte, exacte... ¿Eh, Gus?, ¿què me'n dius? Recorda que els cartellets de l'agència encara són vigents.

—Els cartellets passaren a millor vida divendres de vesprada.

La notícia em va deixar mut.

—¿Què?

—Divendres de vesprada, abans de veure'ns, vaig

destruir quasi tots els cartellets que vam apegar dilluns. Víctor em va ajudar.

—Que Víctor... ¿Quasi tots?, ¿destruïts?

—Alguns ja ho estaven, de manera que no cavil·les. No cal que poses cap cinta al contestador. No telefonarà ningú. Ho vam fer pel teu bé o, millor dit, pel bé de tots.

—¡Ha! —vaig fer—, ¡pel bé de tots! I jo, peix; i jo, patint per la clientela. ¡Egoistes!, ¡mals amics!, ¡desconfiats! ¡Mira que no dir-me res! Tinc la pell coenta i ara m'acabeu d'encendre la sang. La gentola dels billars Minnessota no seria tan cruel com vosaltres... Ni tota la màfia siciliana us arribaria als talons...

L'absència de comentaris em va fer sentir del tot ignorat.

—¡És que no us faig llàstima?

A la fi, Gus es repenjà dels colzes i digué:

—Crec que el nostre amic pateix els efectes d'una insolació.

—Sí —continuà Laura, somrient—, té un problema, però nosaltres li'l podem resoldre. ¿Veritat, Víctor?

—Molt rebé... Vull dir, ¡i tant!

Tots tres es van alçar i van fregar-se les mans, mentre em miraven com a un pastís a punt de ser esquarterat.

«¡Toca ferro, Àlex!», em vaig dir.

No vaig tenir temps de dir-me res més. Com tres llops, Gus, Laura i Víctor, van saltar sobre mi i em van agafar de peus i cames. Em van arrossegar sense misericòrdia, sense contemplacions, sense miraments i sense un gram de consideració.

—¡Salvatges!, ¡auxili!, ¡sóc innocent!

No vaig aconseguir res, tret d'omplir-me la gola d'arena.

¡I a l'aigua!

Sí, i a l'aigua que vaig anar a parar. I quan vaig aconseguir que les ones deixaren de passar-me per damunt, no cal dir-ho, vaig contraatacar. Com havia dit Gus, era diumenge, feia un dia magnífic i calia gaudir de les vacances.

El meu joc podia donar-se per tancat.

ÍNDEX